白忠德　宋宁刚 主编

从清晨出发

黄河出版传媒集团
阳 光 出 版 社

图书在版编目（CIP）数据

从清晨出发 / 白忠德，宋宁刚主编. — 银川：阳光出版社，2017.4

ISBN 978-7-5525-3532-7

Ⅰ. ①从… Ⅱ. ①白… ②宋… Ⅲ. ①中国文学 – 当代文学 – 作品综合集 Ⅳ. ①I217.1

中国版本图书馆CIP数据核字（2017）第065058号

从清晨出发　　白忠德　宋宁刚　主编

责任编辑　谢　瑞
封面插画　赵艳妮
封面设计　晨　皓
责任印制　岳建宁

黄河出版传媒集团
阳　光　出　版　社　出版发行

出 版 人　王杨宝
地　　址　宁夏银川市北京东路139号出版大厦（750001）
网　　址　http：//www.yrpubm.com
网上书店　http：//www.hh-book.com
电子信箱　yangguang@yrpubm.com
邮购电话　0951-5047283
经　　销　全国新华书店
印刷装订　宁夏凤鸣彩印广告有限公司
印刷委托书号　（宁）0004534

开　　本　880mm × 1230mm　1/32
印　　张　9.375
字　　数　180千字
版　　次　2017年4月第1版
印　　次　2017年4月第1次印刷
书　　号　ISBN 978-7-5525-3532-7
定　　价　32.00元

序

师海军

这是文学院成立以来正式出版的第一部学生文学作品集。

西安财经学院风雨兼程六十五载，如果是一个人，已过花甲之年，可对于一所大学，还相当年轻，因而充满着昂扬的朝气和活力。近年来，我校秉承“博学、明理、立诚、济世”的校训，弘扬“艰苦奋斗、自强不息”的精神，各项事业在开拓进取中长足发展，形成了自己独有的特色与传统。表现之一便是，在“应用西财”的坚实基础之上，强化“人文西财”的内在风骨，彰显大学文化的精神气度。

我校文学院，从1987年建系至今，薪火相传30年，承领“人文西财”的使命，重视文学创作，在培养学生的文学素养、提升表达能力和繁荣大学校园文化、增强大学人文精神方面，发挥了不可替代的作用。学院老师视创作与研究为安身立命的乐事，孜孜以求，勤奋耕耘，让自己成长为文学的大树、教学骨干和卓有成就的学科带头人，也感召和培养了一批创作成绩突出、文学素养不凡的学子。沈奇教授、马玉琛教授便是这支教师队伍中的佼佼者。早在二十世纪八十年代初，留校任教的诗人沈奇便参与和见证了继“朦胧诗”之后的“第三代”诗歌的发展，如今已是享誉海内外的著名诗人、诗评家；作家马玉琛教授潜心小说创作，三十年如一日，创作长篇小说四部、中短篇小说数十篇，获陕西文艺大奖、柳青文学奖，入围茅盾文学奖。

与大树底下不长草正好相反，我们看到，大树引领着小树成长、小树仰望着大树拔节。在西财文学院，一级又一级、一代又一代的年轻学子，受着青春的感发和老师的熏染，纷纷拿起了笔，书写着他们的青春，收获着那份文字带来的快乐。许多同学发表、出版作品，加入省、市作协，因创作成绩突出而找到工作，也在这个日益浮躁的社会中有了终生的寄托，不能不说是幸事。其中的代表之一，就是白忠德。早年就读我校中文系的白忠德，在校期间，受沈奇和马玉琛教授的影响、熏陶，致力于文学创作，毕业时因此特长而留校，二十年来出版散文集五部，获得包括冰心散文奖在内的多项大奖。

就此来说，白忠德既是文学的受益者，也是我校文学创作与人文精神的受益者。如今，由他来编选更年轻一代学子的文学作品集，颇有点将手中的接力棒传给学弟学妹的意味。

说起来，白忠德已经是一位“老编者”，早在十几年前，就编选出版过两部学生作品集，更不用说有近二十年的报纸副刊编辑经验。本书的另一编者宋宁刚博士，虽然年轻，却学养丰富，充满热情，有着多年的创作和研究经历，出版过诗集和批评随笔集。他们承担着学生的写作课教学任务，熟悉掌握学生的写作状况。由他俩编选这部集子，是件大好事。

文学即人学。书中的文字，部分来自学生的自发创作，部分来自老师课堂的讲授与专业“练笔”。当然，也有任课教师的心血和发现，甚至是耐心的指点与手把手的修改。对于亲历其事的师生来说，这些文字的背后，有着教与学、春雨润物的动人故事。

“士不可以不弘毅，任重而道远。”我们也期待以这样的方式，培养我们自己、也培养学子们的士的精神，进而彰显真正的大学精神。

书中的作者都是十几二十岁的孩子，文学院和他们一样年轻，路还很长。那就让我们一起，从清晨出发！

2017 年 2 月 26 日

目录

随笔篇
SUI BI PIAN

小说篇
XIAO SHUO PIAN

戏剧篇
XI JU PIAN

SHI GE PIAN

诗歌篇

一切

汉语言文学 1101　徐婷

一切在儿时的世界里
是嘴角那点碎食
是耳边那句夸奖
是夕阳下稻田里疯不完的伙伴
是交织一片的母亲们的呼唤
儿时的你
把一切的一切
看得
那么明亮

一切在少年的世界里
是红榜上那个位置
是心坎间那堆选择
是烈日下那片抹不去的晃眼的日晕
是日夜逼着的要把稚嫩收敛

少年的你
把一切的一切
看得
那么迷惘

一切在成人的世界里
是脑海里的生存信条
是商标上不减的数字
是暴雨下那片沉不了底的浮萍
是寒风刺醒着要把赤心包裹
成年的你
把一切的一切
看得
那么玲珑

一切在老年的世界里
是心涧那泓清茶
是眼睑那丝浅笑
是回头那一瞬里凝望着的世界
是暮雪下那片大地的斑点
老年的你
把一切的一切
看得
那么通透

外婆（外一首）

汉语言文学 1302　郑雅坤

外婆

一

外婆
为什么每次给你打电话
都是
“您所拨打的用户已关机”

二

外婆，三年了
我终于又和你说上了话
与之前不同
你的面前又多了几束菊花

记得

今天
我又一次向妈妈
介绍自己
没关系，起码
她今天记住了爸爸

咏怀（外二首）

汉语言文学 1302　刘小莉

夜半岁逐来，寒梅彻夜开。
峰巅吐蕊浅，涧底落英衰。
劲蔓犹心醉，枯藤且意怀。
同为一地景，异处北南才。

玉兰花开

春风东满角，陌上万枝开。
徐徐裹素裙，袅袅灵香在。
叶落不逢花，朝暮无复待。
只愿君心久，尘埃记忆怀。

早春游湖

春风临大地，柳影碧潭薄。
柔萍染绿池，满面桃李笑。
稚女石空举，阿妈止莫淘。
轻折云纸鹤，向远起航漂。
小儿鸣抚掌，玉磬乱耳遭。
雎鸠水面游，久伴逍遥好。
两桨凌波转，涟漪泛羽毛。
氤氲日气暖，万物向阳朝。
盈盈乐吾心，美景同人老。

想起北京（外四首）

新闻学 1301　毕海娜

想起北京
是南锣鼓巷拽住我的
那杯免费热茶
不给钱也让喝
不喝还不让走

想起北京
是后海问路的老太
我指着柳絮最多的方向
看她消失在
蓝白交界的彼岸

我想起北京
是你大太阳底下的鼻血

你一涌　一抹
嘴巴一咧

嗨，洗手吃饭

被晨光的手指挠醒
厨房传来你的刀起刀落
不太熟练　好像意式的西班牙舞步
我冲着窗外笑
你探出头问我
是否可以把电视音量调高一些
踱着方步　啪的一声关掉电源
你无奈　自顾自哼起了歌

我喜欢你唱歌的样子
因为你一定会唱错歌词

夜袭八里村

你叫嚣着请我吃饭
口袋里却只揣着十七块半

我正在犹豫之间
左耳边熙攘人声沸笑
用力将我们一扯
眼前弄堂局仄
声声叫卖此起彼伏
油煎炸煮的香气在人群中横冲直撞
我好像已经有了几分酒意
但脚步不趄，还可和你一路踏去

北京西站

那个敛着红背心的男人
我不禁又多看了一眼
他坐在地上
从包裹掏出一颗
闪着彩光的橡胶小球
松开又接住
黢黑的皮肤羞涩地笑着
他大概是把小球当成了他的孩子
他有多久没抛过他的孩子
在北京的暮色中
那橡胶小球一闪一闪的

未命名

昨夜你塞在窗棂的纸
写着这个码头
现在这份折叠起来的忐忑
在我的口袋

你在哪
我开始融化
这片黑暗沉默的海
从瞳孔开始

远处热切的脚步声
是你吗
我打算成全你的恶作剧
一只螃蟹从我的脚背

爬过。我用沙砾腥味浪声
叮叮哐哐又造好一只船
可开始发亮的天际线
将它击破

从手提箱翻出
泳衣
我把泅水的手
举高

把灯背在背上的人

汉语言文学 1501　沈宁

打开灯
把它背在背上
让影子走在前面
引路
人走在后面
踮起脚尖
追影子
从深夜到清晨
都没赶上

SAN WEN PIAN

散文篇

秋风吹过黄土地

汉语言文学1001　史浩霞

密密麻麻的庄稼哔哔作响，一年的收成在农人的眼窝中炫出黄铜般的光亮，如毒辣的太阳那金黄色的芒刺。那刺刺到石头上、庄稼上、铁制的农具以及农人大汗淋漓的笑脸上，以至于辽阔的山塬也腾起苦乐交织的丰收的波浪。而后，随着夕阳慢慢落山，你会看到一条炫目的河，漂浮着金色的落叶，缓缓地，随着暮归的羊群打月下流过。伴随着牧羊人的吆喝声，夜幕升起，秋风落下，交错中变换出平行抑或旋转的弧度。而此时，农人们正满载而归。

暮色中，秋风仿佛一个匆匆过客，带着金色的刷子，将无尽的旁白留给夜空、村庄和农民。只有庭院中的老槐树随她唱和，在空寂的院落里发出沙沙沙的阵阵歌声。此时，常有数片干枯的树叶落下，像一只只轻灵的黄蝶，踏着秋风的韵调静默起舞。尘土不时幽灵般飘过或者涌起，散发出黄色的雾气和仙逸的味道，让人不觉牵念与幻想，将目光投向窑洞的纸窗，那像寂寥的惨淡岁月般外渗的光，衬着呼呼大睡的庄稼汉以及灯下熬夜做针线活的母亲。

一夜之间，风卷来了秋天，冷冽的空气像被扬起的黄土般，猛烈与恣肆地急速扩散。干枯的玉米叶子像一把把锋利的长刀，常常会把农民的手划出长长的细细的口子，在风的肆虐中，火辣辣地疼到麻木。这样的过程一直从露水满地的清晨持续到霞光满天的日暮。等到剥好的玉米棒子成堆的时候，几个人将其一起装进麻袋或者搬运到距离拖拉机较近的地方，玉米棒子会直接被一双双粗糙的长短不一的手扔进车厢。至于那些装进麻袋的玉米则会在车厢被填平的时候垛上去，用坚固而又粗大的麻绳绑紧，之后安全运回农家小院。

由于黄土高原特殊的地理环境，玉米地大都种在高高的黄土塬上，人们大多会住在地势稍平坦的地方。等到拖拉机收工回到家，天常常会大黑，人们简单地吃顿饭，打开院子里的电灯，又不顾辛苦地把堆在院子里的玉米拾到仓里（玉米架或专门盛放玉米的地方），疲惫的汗珠滴滴滚落。在金黄的风中，在昏黄的电灯下，夜色渐渐加深。

陕北的风在秋天没有停过，她也在抢收。她像空气和黄土一样地存在着，像陕北蔚蓝的天空般静默地存在着，感受着河流的脉搏和落叶的呼吸，抚摸着黄土高原粗糙的皮肤，仿佛沟沟卯卯就是她飞翔与跳跃的节奏。她是陕北大山的子民，她是黄土地上的姑娘。山一般广袤的皮肤与胸怀下，一颗井水般清澈婉约而又博爱的心，总是会在秋的山坡上长发般无限舒展，如夜色般温柔。有时，她又会像一条痕迹划过……于是，清晨树下又会多了几片燃烧的黄叶，几片归根与润物无闻的蝴蝶。

狂风大作的时候，山林舞蹈，黄土飞扬。此时，舞鼓的姑娘把一季的豪放与笑声张扬。安塞腰鼓兀地而起，原始的野性在漫天弥漫的尘土中实现自由的回溯，历史像奔腾的黄河水般滚滚而来，撞击着有形的风和辽阔的黄土地。沟壑纵横的黄土高原，站在高处回望，思想已然成就另一种柔软与坚强。这是黄土地上独有的境界与性格，这是生命繁衍与人类地理意义的心灵史，这是神在挥洒着太阳，那金黄色的光芒——

回 家

汉语言文学 1101 任丽红

花儿总是问姐姐："爸爸妈妈什么时候回家啊？"姐姐摸摸花儿的小脑袋，眼睛看向远方，越过那座座大山，仿佛能看见那个遥远的城市，低声地说："快了，爸爸妈妈过年就回来了，给花儿带好多好吃的，还有漂亮的新衣服。"花儿就开心地笑了。

花儿有许多事想对爸爸妈妈说，比如她这次考试又考了第一名，老师奖给她一支铅笔；比如她要在"六一"儿童节表演节目了，天天都要排练，虽然辛苦但是很开心。花儿多想爸爸妈妈来看她表演节目，但他们总是在忙。有一次爸爸刚好赶上"六一"在家，答应了花儿来看她表演节目，她兴奋地告诉了所有同学，嘴角和眉眼都是兴奋。但是直到散场，爸爸都没有来，原来爸爸记错了时间。她气得哭个不停，谁都哄不好。很多年后，花儿都记得当时号啕大哭的情形。还有很多事她不敢说，比如她今天挨板子了，板子有桌面那么厚，一板子打下去整个手掌都麻了，打完后仿佛能听见"嗡嗡"的颤抖声，然后手才开始疼——花儿挨了三板子，因为错了三道数学题。老师是个看起来很严肃的爷爷，另外一个村子的，每天早上来学校，晚上赶回去，吃饭就在同学家，每天轮一家。而老师却从没去过花儿家，因为花儿家里只有一个年迈的老奶奶照顾她和姐姐。

今年夏天真热啊，太阳把大地烤得仿佛在冒热气，只有知了不知疲倦地鸣叫，却更显村子的寂静。同村的燕子拿了一根绿色的冰棍在花儿面前，小口小口地舔，阳光照在那绿色的冰棒上，冒起缕缕白气，直钻到花儿的鼻子里。可到最后，燕子也没有给花儿吃过一口。“真小气，我爸爸每次回来带的好吃的我都给你们吃呢……”花儿愤愤地想。

晚上花儿躺在炕上，翻来覆去就是睡不着。闭上眼睛是那根绿色的冰棍，睁开眼睛还是那根绿色的冰棍，就这样不知道什么时候才睡着。第二天花儿在厨房里逗留了很久，呆呆地看着装在罐子里那为数不多的鸡蛋。花儿知道村里的小卖部，一个鸡蛋可以换两个冰棍，犹豫了很久，花儿拿了一个鸡蛋，揣在怀里，飞快地跑了出去，仿佛后面有一只凶猛的狗在追她。花儿一口气跑到小卖部，挑了一根绿色的，一根黄色的。她觉得那黄色是香蕉的颜色。香蕉，就是爸爸上次带回来的水果，皮一剥就能吃，绵绵的，软软的，花儿一下子就喜欢上了这种水果。花儿拿着冰棍一溜烟儿似的跑到没有人的地方，学着燕子的样子，小口小口地舔。真甜啊，黄色的冰棍仿佛真的有香蕉的味道，就是有些冰。

花儿晚上就开始拉肚子，到最后瘫到厕所里起不来，姐姐急得不行，背着她去村里大夫那里打了一针。花儿趴在炕上，屁股还在隐隐作痛，但脑袋里还是那两根甜甜的冰棍。

第二天上学，花儿看到村里的卫卫和明明下课后鬼鬼祟祟地躲在学校墙角，花儿知道他们又在偷偷抽烟。卫卫和明明的爸爸与花儿的爸爸在一起打工，过年才一起回家。他们总是对花儿爸爸说："看你家花儿多聪明，多懂事，不像我家的浑小子，就知道玩。"花儿爸爸很开心地笑着，皱纹都舒展开了，花儿学习更努力了。

下了课，小伙伴们一起讨论自己的梦想，燕子说："我长大要当老师，谁不听话就打谁板子。"卫卫说："我希望有一个孙悟空那样的金箍棒，专门打妖怪。"燕子问："花儿你的梦想是什么？"花儿想了想，说："我希望爸爸妈妈回来陪我长大。"小伙伴们都沉默了，不知道是谁唱起了《世上只有妈妈好》，花儿也跟着大声唱起来，鼻腔却一个劲地发酸。

爸爸妈妈终于回家了，给她带了好多好多的宝贝，有她最喜欢的香蕉，还有漂亮的新衣服。"六一"这天，爸爸妈妈去看花儿表演节目，花儿跳舞可起劲了，爸爸妈妈高兴地笑了，花儿也甜甜地笑了……花儿从睡梦中醒来，泪水洇湿了枕巾。

墨色深处的家乡

广播电视学 1201　张利

墨笔勾勒出一幅山水，笔锋由深入浅，由浓转淡，慢慢的，一点点的扩散出去。映衬着路上欢笑的行人，点缀着山间的小屋，飘摇着缕缕轻烟，使原本就美丽的山水墨笔更多几分诗意与和谐。墨色慢慢的消退下去，那便是我梦开始的地方。

人从来到这个世界时就有了梦，或大，或小，或远，或近。我的梦就开始于那个极富诗意与和谐的山水墨笔画里。那就是我的家，永远不会随着时间而褪色，不能被放下的家。家给了我生命，家教会了我成长，家是我梦开始的地方。虽然它不发达，甚至很落后，但我却是那样深爱着它，那种说不出的情怀，割舍不掉。

那个漂亮的小山村坐落在大山深处，整个村庄被山包围得严实，严实的大山之外是更严实的大山，而正是这延绵的大山才给了我们更多的和谐与向往。大山对外面世界的阻隔，使我们这里没有太多的勾心斗角，没有太多的尔虞我诈，更没有太多的人心叵测。它造就了淳朴的民风，和谐的村庄。也正是它与外界的隔绝，使我们对外面的世界有更多的向往，向往那外面的花花世界里究竟有什么可以让人一去再也不想回来的东西。却殊不知这个梦开始的地方才是最纯最美丽的地方。

等长大走出山村，来到这外面的花花世界时，我突然明白了。它有那么多的灯红酒绿，它有那么多的诱惑，却没有了山里的家里的那种淳朴与欢笑。他们都戴着面具在繁华世界里各怀心思的跳着艳舞。我不禁想起了家，那个教会我很多东西的地方，那个我梦开始的地方。

家里有两个小孩，我和哥哥。在那个严格计划生育的时期，农村有两个小孩是很常见的现象，因为他们有着从祖祖辈辈流传下来的观念——养儿防老。孩子多，家里的经济自然就不宽裕，我的家也是一样。除了基本的吃穿以外，也就没有其他的开支了，更不用说给我们买什么玩具了。但我们依旧有着快乐的童年，摸鱼、掏鸟蛋、堆雪人等等让我们是那样开心。在那个梦开始的地方是那样的快乐与幸福。

当我来到城市里上学时，看着那些独生子女被父母捧在手掌心，各种玩具满满地充斥着整个生活时，禁不住会有一些失落与一些庆幸。失落的是那些孩子虽然有着丰厚的物质条件，却失去了童年应该有的另一种快乐，庆幸的是自己的童年生活是那么的充足与快乐。感谢那些那个年代带给我真正快乐的人，那些地方，那个我梦开始的地方。

梦对于一个孩子来说是那样的美丽，家是那样的让他魂牵梦绕，那个孩子的梦开始的地方就是那个笔墨勾勒出的山村里的家。是家孕育了他的梦，他追求他的梦，就像他爱他的家，爱那个地方的人，爱那个地方的景，爱那个地方的物，爱那个地方的一切，爱那个他梦开始的地方。

墨色晕开了回忆，宣纸浸透了山水，笔墨山水勾画出他梦的清晰轮廓。笔墨画在慢慢的褪去它原本的颜色。而他的梦，他的家，在他的脑海里依旧不变，不会因为时间而褪去它原本诗意和谐的颜色。他疯狂地爱着他的家，他疯狂地爱着那个梦开始的地方。

母亲的泪

汉语言文学1302　王雅星

在我二十多年的记忆中，母亲只哭过两次，一次是秤砣砸中了脚趾，一次是在父亲埋葬那天。

被秤砣砸中的那次，是母亲准备卖元胡（一种药材）给我换学费。为了方便称量，母亲要把几麻袋元胡一起码放在秤上，我当时要照看弟弟，帮不上忙，只能站一边看着。在码放最后一袋元胡时，因为用力过猛，整个秤磅朝前晃出，母亲为了扶住秤身，被掉下来的秤砣砸伤了脚。母亲疼的一屁股坐在了门槛上，靠着门框脱了鞋，手捂着脚趾，头抵着膝盖，眼睛紧闭着。过了一会儿，我才透过母亲松开的手看到她大脚趾的趾甲盖已经变成了青紫色，低着头的她边抹眼泪边骂道：“不卖了，别上学了。”那时候我认为母亲真的是被秤砣砸哭的，直到自己被“砸”过一次才知道，其实比起生活中其他的痛，被秤砣砸那一下根本算不了什么，母亲那天就是想哭。

同母亲一样，我也大哭过，坐在同样的门槛上，靠在同样的门框上。父亲下葬的那天，我坐在门槛上哭，母亲瘫在地上哭。

当接到父亲被送进火葬场这个消息时，我和母亲正在为晚上要做红烧鱼而兴奋不已。她顾不得把鱼好好放进桶里，直接扔在了地上，骑着车就奔了出去。后来母亲再也没吃过鱼，红烧也好，清蒸也罢，终究难以下咽。父亲是因心脏病突发而去世的。当时是在进城的途中，他一个人走着走着就倒下了，没有人扶，也没有人打电话叫救护车，我和母亲连他最后一面都没能见着。第二天一早当我抱着父亲的骨灰盒从外面回来走到家门口时，小弟正歪戴着孝在院子里玩弹珠。躺在床上的母亲闻声拖着疲软的身子硬撑着走了出来，看到我怀里的骨灰盒，瞬间瘫倒在地。她趴在地上突然大叫一声，然后号啕大哭起来，哭得像个孩子，悲伤欲绝。在这之前，我一滴泪都没有落，望着瘫在地上的母亲和什么都不懂的小弟，我再也忍不住了，坐在门槛上任泪水肆意横流。

父亲去世后，家里的重担全都压在了母亲一个人肩上。她不仅要照顾年幼的弟弟，还要承担家里的各种开销，生活逼迫着母亲不得不往“秤”上码放更多的“东西”。春天母亲拿着锄头种下的农作物更多，夏天戴着草帽在烈日下待的时间更长，秋天背上的背篓也更加沉重，冬天手上的冻疮也越来越多。特别是夏天，地里的农活格外多。母亲每天早上 5 点多去到田垄里干活，直到晚上 10 点多才回家。为了节省每日的吃饭时间，母亲周内会自带干粮，周末我会做好饭去田间送饭，每次母亲都是吃完立即干活。太阳从来都不会对她仁慈，母亲的胳膊和脖子每年夏天都会被晒到脱一层皮。再苦再累母亲都独自承担了，我再也没见她流过泪，想来是在埋葬父亲那天，她把所有的泪水都流干了。

走，便是幸福

汉语言文学 1302　张丽

人们常说，人生应该有一场奋不顾身的爱情和一场说走就走的旅行。这话虽然俗套，却也十分在理。

二者之中，前者需要缘分与运气，具有不可控性；后者，则是我们都可以把握得住的幸福。当然，我这里所说的旅行，大抵是指“行”或者“走”，脚尖触碰到大地，是一种亲密的兴奋的过程。

我喜欢行走，或健步如飞，日过几十里；或施施而行，悠闲从容。无谓快慢，尽心即可。

我喜欢行走，不一定是彩霞绚烂的黄昏，也不一定非得清新亮丽的雨后。也许没有和煦的风，没有感伤的雨，没有灯红酒绿的攘攘闹市，或是云袂林帷的天高地阔……

何时何地，只要能从自己的一方小天地里出去，看看外面的世界，便很美好。随意走走，走走，便是幸福。

走，是我认为最亲近世界的方式。

当穿上鞋子，迈出房门，抬起头遥望天空的那一刻，所有的纷扰便都烟消云散，余下的只有融洽与温暖。天地山川，花鸟鱼虫，日月风霜，都是朋友，在途中与我嬉戏，做伴。它们宽容，无私，无条件地接纳着我们的喜欢或疏离，不似生活、工作，时常给我们不容抗拒的种种是非。

我享受行走，因为每一次都是独一无二的。有时，途中会遇到金婚夫妇在庭院中搀扶着散步，温馨感动，便上去和他们说说话，听他们聊聊年轻时的故事；有时也会看见拿着书的静女在一侧等待着某人，好奇停留一刻，便等到有人举着甜点款款而来，甜蜜浪漫；当然更不会错过街道两旁三三两两结伴而行的小学生们，青春活力；还有早起的清洁工人在清扫落叶……

在路上，有久居兰室体会不到的简单，活力，和幸福。

最近，朋友圈里经常看到有人转发计步 APP，一方面为了督促自己持之以恒的运动锻炼，另一方面顺带着也获得一些红包奖励。朋友们知道我喜欢行走，纷纷向我推荐，我总是一笑置之。不是不爱钱，只是行走，本就是简单的自然的一种放松状态，一旦带上了其他不单纯的目的，一旦用数字来丈量，用钱来诱惑，那就完全失去了行走的意义。

我渴望的行走，是如水一般地、默默地流淌，漫过一片又一片沙地，静静地前行，不与任何人争辩，只是走好脚下的路。

走，是摆脱冗杂事务之后的深切喜悦，是远离庸俗凡尘的体验。没有哲学家似的思考，艺术家似的审视，文学家似的追问，更没有考古学家似的探秘。

走，是在时间或空间上放逐自己。看看天空的深邃，草木的明艳，闻闻花香袭人，佳肴美味，听听莺歌雀鸣，叫卖声声，与高朋蜜友一起享受欢愉的热闹，抑或独享一处，回味属于自己的风光。种种选择，或者是不选择，都是行走的方式。

走的路途永远没有所谓的好坏，方向也没有对错，无论你朝着哪一方走去，终点总有风景等你来欣赏。所以，依着自己的直觉，平心而行。或许，你所见到的，没有传说中和你想象中的完美，达不到摄影师镜头中的奇妙，那也不必失望，不必怨怼而愤愤不平。行走，本就不是为了见证奇迹，为了镜头的诱惑，要事事都能成真，那才是真的失真。走，不是为了回去之后的炫耀，不是为了来日方长的怀念，不是行者僧的修行，更不是少年天子的鲜衣怒马、仗剑江湖的传说。我们仅仅只是行走而已。

带上两条腿，一双眼睛和一种敬畏，就能出发。

在路上，与自然做伴，与世界亲近，体会忘却杂念的心境，享受那一刹那的宁静。

行走，就这么简单。走，便是幸福。

茶　香

汉语言文学 1302　姜林希

约了师弟师妹同去拜访学琴的老师，未曾想琴坊无人，门紧锁着。

已有大半年没来过琴坊了，如今透过挂锁的木门，看见店里摆设依旧，墙上挂着的琴还是熟悉的那几张，案上的茶杯也似乎刚刚有人用过，只是门外墙壁上的“本店转让”提醒着我，往后恐怕不能常来这里练琴喝茶了。

我不禁想起以前学琴的日子。高中毕业后考进的这所大学，坐落在千年长安雁塔福地。我自幼就喜欢历史文化气息浓厚的地方，于是，常常在课余时间散步去这雁塔下。也是在这里，我认识了古琴，认识了教琴的老师。一番畅谈，便使我产生了学琴的想法，于是同老师约好课时，开始学琴。每周都要急匆匆从学校赶来这琴坊，再噔噔噔爬上二楼，气喘吁吁推门进去。老师或抚琴，或品茗，抑或与店里的客人交谈，我便自觉坐下，调息宁神。老师总会在课前让我先喝茶，把焦躁的心情调整过来，为弹琴做准备。喝茶，弹琴，不觉间整个人便平静下来，平日里的忧烦全然消散，只在这袅袅茶香和铮铮琴音中隐去。

很遗憾，店中无人，大家都扑了个空。我走到二楼栏杆前，往下看了看。楼下似乎新开了家店，以前不曾见过。这时忽然有隐士打扮的男子疾步走进了那新店中。出于好奇，我们也一起从二楼下去，来到了新店的门口。店里的摆设是同样的古色古香，有同样喝茶的案几，角落里甚至还有一张琴，和我们都曾用过的散落的古琴书谱。这些熟悉的东西促使我们走进店中，隐士打扮的人应是店主，对我们说了句“随便看看”，接着继续同他的客人交谈了。

客人离去，我向店主询问楼上琴坊的事宜，店主说他们快要搬走了，并问起我们何时学的弹琴。答曰：两年之前。店主赞道：能喜欢琴两年可真是不容易，如今的古琴倒像是曾经的古筝了，越发浮夸。一番交谈，得知店家这里卖的是茶叶、茶具等，不求挣钱，只是喜好。店主觉得有缘，要泡茶与我们共饮，于是围着案几坐下，待店主上茶。

第一味茶有着肉桂的气味，店主说这茶就是肉桂制成，闻起来还略有些辛辣。肉桂本是普通的植物，却还可调味、入药，甚至拿来泡茶。店主且将茶冲泡，茶香四溢开来，原始的植物清香伴着肉桂独特的气味，糅合成茶香一并入鼻。店主一边为我们倒茶，一边谈起了自己的一些经历。他本生活于沿海城市，曾四处游学，访遍名山大川，后来到这长安城南的终南山修行归隐，怪不得我觉得他的打扮像极了隐士，果然是从隐于野到隐于市的非凡之辈。师弟说羡慕极了这样的生活，若是一味累于琐事，困于繁缛无味的工作，必然让人无法接受；可若是就这样不顾世俗，又会让旁人难以理解。店主笑曰，各人有各人的选择，但无论怎样的选择都有其意义，有选择必然有放弃；而敢于放弃，就是勇气。我小口啜饮着肉桂茶，想到我若是一株肉桂，会选择成为茶叶或是调料，入药治病还是只是山间的植物呢？不得而知。店主又讲起了他那用以舀茶叶的小勺，是数日前他在店门口捡到的一根竹签，削成了小勺模样，洗净后拿来舀茶叶用了。

几道肉桂茶过后，店主重新拿出了新的茶叶，笑称我们今天真是有口福，这茶他总共收了 200 克，世间便也只有这 200 克了，其中 100 克前几天刚刚卖给朋友，50 克还要留下，只拿来这剩下的 50 克供我们品尝。也不知这茶叶有何不同，还未冲泡时一闻起来，便觉得比肉桂更香些，可也说不清是什么香。店主专心致志烫壶洗茶，故意不告诉我们茶叶的独特之处，更让我们伸长了脖子期待。水流注下由低渐高，仿佛琴声一般，茶水泡好倾泻而出，茶香乍起，扑面而来。这茶香简直是让人有些醉了，我似乎嗅到了春日的百花芬芳，可明明是茶叶的淳厚浓郁。

店主请我们一一品尝，说起了茶叶的来历。那是他无意间游历到的一个荒废了的茶园，看样子荒了有些年了。茶园里杂草丛生，还有些茶叶仍顽强生长，远处则是农田。他就像得了至宝，四处向茶农打听，终于从茶园主人那里得到许可，采得这荒园中的茶叶。那这茶叶究竟有何独特之处呢？店主说正是因为茶园荒废，长满了别的植物，茶叶生长的时候便吸取了旁的植物的香气，甚至还有泥土天然的香气，因此泡开的茶叶也满含了它曾汲取到的多种香气，是任何一种旁的茶所不能比拟的。

听着店主的解释，品着难得的好茶，我想起云南三道茶里，有一道便是含着桂花的香气，就因为种植的时候一排茶树隔着一排桂花树。这天地万物似乎都在相互影响，你若能保持本心，取各家之长，便能达到至高的境界吧；而受到不同的生长环境的熏陶，形成的习性也不尽相同。茶如此，人亦如此。同我们聊得兴致浓了，店主又拿出了几个他收藏的茶杯，有一个在烧制之前被人印上了一个指甲印。他说这茶杯定是世间独一无二而无可复制的，是孤品。独一无二，我突然想起了曾经老师说过，每张琴弹出来的曲子，都不会一模一样；每个人弹出来的曲子，也不可能完全一样。之所以独特，便是因为你就是你吧。

茶茗各有各的香，人生也各有各的不同。再嗅着茶香，让我弹完这一曲，心依然平静，路依然向前。

小城桃忆

新闻学 1302　左颖兰

现今是二月天，可是我却被一片水泥森林包围着。我想这个时候的树木该是抽出新枝，吐出嫩芽的了，可是在哪里呢？

我走在操场上，一阵风吹来，那般轻柔和煦，散发着春天独有的温存味道。我不禁想，春风也一定拂过家乡的桃花了吧。

家乡是一座山环水绕的小城，有着江南水乡的柔美气质。小时记忆中的这个时节，巴山上参差错落的数十百桃树经过一冬的沉寂，像被一场春风突然从睡梦中惊醒了似的，山还未萌出绿意，它们却花枝招展起来。如雪如霞的桃骨朵儿一粒粒爬上枝头，渐渐变得饱满。终在天空咧着嘴吐露出丝丝晨光的某个清早，原本紧闭门户的花蕾却悄然抬起娇颜，怡然笑对春风了。

朵朵桃花在纤长的枝丫上簇拥着，隐没其枝叶，沉甸甸的，在风中微颤。桃花只有五个单瓣，单看如小家碧玉，坠在一起则富丽堂皇了。薄似透明的花瓣被春天一束清澈的阳光穿透，越发显得明媚动人。“桃之夭夭，灼灼其华”，这是古人对桃花的最美吟唱。

山上的桃花如此可人，自然引得游人无数。有的在桥上行，有的作水中游。巴山伴着汉水，自西向东一路绵延。家乡多水多山，腾腾雾气清晨从山脚下爬上来，重重山峦好似被水墨浸染的一般，由近及远、由浓及淡的层层铺展开来。那些或长在山坡或生于峭壁上的桃树，也在这蒙蒙雾气中晕韵开来，白的像闲云游于山野之间，粉的像丹霞从天而降。这时，在桥上眺望远山的人，抑或是在水面逆流而上的人，都会被这如梦似幻的景色迷离了双眼。

桃树的主干粗壮嶙峋，可花瓣却弱不禁风。开放还没多久，花儿便被一阵风吹得四处飘零。有些会被风带下山脊，一路辗转轻轻落在河面上，随着清绿的河水缓缓漂移。

我想那山上的桃花必是天上的仙子，因贪恋凡间春色而悄然化作桃花，依偎在桃树枝头，唱一曲花开花落，梦一场似水流年。

我是很喜欢桃花的。小时候和爷爷去踏春，路上总要折些桃枝，然后回来找出旧玻璃瓶，灌上大半瓶清水，再将缀满花骨朵儿的枝干小心翼翼地插入瓶子。第二天一起床，第一件事就是看看带回来的桃花开了没有。

近来在网上看到一句话：多少人踏上一辆班车，故乡就再也没有春夏秋冬。如今，我也踏上了这辆班车，走在异乡的土地上了。

春天又来了，我想，家乡的桃花应该开了吧？

当你途经我的盛放

新闻学 1301　郭敏

茫茫人海，当你途经我的盛放，已为我的人生增添五彩缤纷的色调；当你途经我的盛放，就已见证我的快乐与感动；当你途经我的盛放，也就陪我走过一段山重水复的流年和风尘起落的人间。这是一件多么值得庆幸的事情啊！

导师

“人生有三剑，你现在正是磨第一剑的时候。老师期望你有滴水穿石的坚韧，蜜蜂酿蜜的勤奋，更有麦穗低头的虚心……”这是她在我的同学录上写的，每当我意志消沉萎靡不振时，拿出来读读，总能带给我很多力量与信心，让我有前行的勇气。她说，在那所学校里她最大的骄傲就是有我这样的一个学生。多么庆幸，能在最美的年华里遇到她，带给我自信、勇气、爱与希望。她的谆谆教诲至今仍令我难忘不已。当我为参加一个市级作文大赛每天于午休时间去请教时，她永远是一副热情饱满的样子。正是她的细心指导，我的作文水平有了很大的提高，最终在大赛中获得满意的结果。她，就是我初中的语文老师——杨老师，一个学识渊博、负责、有爱心的老师，也是我终生要感谢的良师益友。

闺蜜

她是一个典型的南方女孩子，浓重的粤语普通话，喜欢甜食，对生活永远充满热情与信心，相伴一起走过的年年岁岁，成为心中永恒的美好回忆。

我们有着很多相同的爱好，喜欢看新闻学、听音乐、打羽毛球、看书等，更重要的是我们都喜欢在知识的海洋里遨游。于是，教室里，我们俩因争论问题而面红耳赤；饭堂里，我们在讨论某个新闻学的问题时，或面红耳赤，或开怀大笑；操场上，我们在打羽毛球时挥汗如雨；有时候，我们抱着书坐在靠窗的座位上，在阳光的温暖下享受阅读的喜悦。如今的我们相隔甚远，时光也在推着我们不断地往前走，但我们并未因此而疏远，电话、信件、明信片、礼物……我们以各种方式联络着，因为我们都懂得，当我们人老珠黄时，还要一起细数往事，回首一起走过的那段盛放的青春。

你

我说：“你是人间的四月天，笑容点亮了四面风。”我喜欢你，热爱你，尊崇你——文字。有人说，喜欢文字的孩子内心都特别忧伤，寄情于文字，在文字中畅翔，便能得到前所未有的舒畅与欢乐。我想喜欢文字的孩子终究也是幸福的，因为能在纷纷扰扰的尘世间携一支笔，一张纸，记火热流年、飞扬青春和爱恨情仇。红尘滚滚，本身就是一件美好且幸福的事。每一天，能与文字共舞，用文字记录生活、感知生命，于我而言，就很幸福。因为人生最大的幸福，莫过于做着自己喜欢的事。

茫茫人海，我们都是过客，感谢你途经我的盛放，带来爱与温暖，感动与泪水，快乐与成长。

长兄如父

新闻学 1302　田婷

那年，他 19 岁，正式成为一名人民教师；那年，我 8 岁，四年级，开始跟随他完成学业。

19 岁，正值风华正茂，意气风发之时。而他，刚毕业于某所师范学校，作为最后一届被分配的幸运儿，怀揣壮志，来到本县一个小村子的小学开始他的执教生涯。

本该如释重负，潇潇洒洒放松一回，可他却选择把我这个累赘的小妹带在身边，学习和生活皆由他掌管。那时的我，整日哭着要回家，半夜起来总是耍小性子，不安稳地睡觉，也不理解第二天我亲爱的哥哥还得早起劳累一天。而他总是对我笑脸嘻嘻，就算被我糟蹋得不能休息也不会生气，还学着父亲的口气对我说："乖啊，哥哥明天带你吃好吃的，带你上课，没人会欺负你的。"就这样闹腾了大概一周，总算习惯了。而这习惯，一直延续到了现在。

他是一个细心的哥哥。一路走来，他总是习惯于把我带在身边，怕我冷着饿着，怕我跟着叛逆的孩子学坏，怕我被欺负，怕我受委屈……

记得那时候每周一节体育课，不过具体是哪一节，他记得比我还清楚。每次上体育课之前，他都会倒一杯白开水晾在旁边，等到下课的时候再给我，也就刚好可以喝了，不烫不凉。他一般不给我买饮料喝，起初我甚是不解。后来我们谈话，无意间他说起饮料太凉，喝多了对身体不好。一瞬间，我的心融化了，但不太会表达的我，什么都没说，只是把他收藏在心底最柔软的地方，等着有一天能够一并回应，也希望这一天能赶快到来。

记得那时候，我的衣服大都是哥哥来清洗，吃饭也都是哥哥来伺候，晚上睡觉总是哥哥半夜起来帮我掖被角，写作业也是哥哥来指导……这一切的一切，我又怎能忘记?

他又是一个严厉的哥哥。平时不怎么发火，一发起火来，我都不知道该往哪里去躲。那是一个周末的清晨，我一早就起床了，他还在熟睡。想起一会要跟同学出去玩，可是好像资金不足，正在愁闷之时，一回头看见哥哥的上衣挂在衣架上，那高度也是我触手可及之处，于是一股邪念袭上心头，我偷了二十块钱。当时那般的心惊胆战，现在都清晰记得。之后，我溜了出去，虽然与同学相聚了，本该开心，心里一直却不能释怀。

哥哥坐在沙发上，一言不发，所有的怒火都写在脸上，我用余光扫视了这一情形，也弱弱地坐在他对面。“站起来！”雷声一般大的吼斥，吓得我不知所措，只有两行可怜的清泪。这次，他是真的生气了，大声呵斥我，让我写检查。这是我第一次写检查，那天下午也没去上课，边写边哭，边哭边写。我想过一走了之，却没有勇气；我想过一个人回家，但没有胆量。

我开始在心里骂他，埋怨他，甚至恨他，却不知道他比犯了错的我更加难过，更加心痛。这是后来母亲告诉我的。她说，哥哥打电话的时候哭了。那天晚上，他回来得很晚，握着我的手跟我说：“我不愿打你、骂你，你想要什么，我都会尽量满足你，但我绝不允许你变成坏孩子。也许长大了，你就会懂的。”就这样，一天，两天，一年，两年……

从那之后，再也没有人提起过这件事。现在回想起来，仍历历在目，它是我永远也抹不掉的记忆。

亲爱的哥哥，关于你的一切，我都不曾忘记。小时候，我对你寸步不离，你如父亲般照顾我；长大后，我却无法时时赖在你身边了，但时不时地一通电话总能让我欢喜不已。或许，这已是一种习惯，一种爱的习惯。

一首歌的想念

新闻学 1301　罗荣艳

“追上漂泊的人，却赶不上漂泊的魂，做完了想做的梦，仍有颗思念的心……”在这座古城的静夜里，听到了在故乡时听到的歌，虽是相隔千山万水，却也有同样忧伤的歌唱。偶然间漫上心头的，并非只有久别的父和母，还有我久别的故乡。

自从坐上火车，故乡就成为我思念的全部，我思念的亲人，我思念的童年。不经意间，脸上早已泪水涟涟。也许你会认为我脆弱，那是你没有真正理解一个游子的辛酸。

青春时总有几件事物让你刻骨铭心，而家乡则永远是我们青春最好的见证者。家乡的记忆里有我儿时的伙伴，有我的欢笑，还有我的童年。每当回到它的怀抱，儿时的美好记忆，就一串又一串地浮现，想起与姐姐一起偷摘爷爷种下的瓜，想起和小德子、金花一起跳沙包，想起和小兰、栓栓一起上学迟到被老师罚站……往事并不如烟，它总在念家者的思想里浮现。有些话纵是不说，大家也是知道的，就如我对家乡的感情。此刻，我与它相别千里，虽非天涯与海角，可我对它的思念却如潮水般泛滥。

儿时我们有梦，关于文学，关于爱情，关于一场永不归返的去大城市的旅行。而此刻深夜身在异乡，望着窗外的圆月，聆听着未来的声音，耳边还萦绕着亲人们的嘱咐：“我们这辈人就这样了，你要好好学习，力争走出大山，在大城市找一份工作，也算是给我们争气了。”听着他们的话，我着实有点心动。但是他们可曾知道，家乡是我心中永不老去的母亲，是我永远的牵挂，我无法做到永不归返。人在西安，心在家乡。我要不断地丰富自己的知识和人生阅历，而后选择回去，为家乡贡献一份力量。只有在那里，我才能拥有最朴素的生活和最遥远的梦想；只有在那里，我才能优雅地年轻，然后再优雅地慢慢老去。

因为想家，所以不怕千山万水的阻隔；因为思念，所以不怕旅途的拥挤；因为牵挂，所以不怕归途的坎坷。还记得去年国庆回家的经历：那天火车上十分拥挤，我就在过道上站了一夜。每一次餐车来临，我都得踮起脚尖，身体紧贴着别人的座位，好让餐车通行。车外晨光中倒退的绿山、清可见底的汉江水映入眼帘，我的脸上一下子露出笑容，很浅却很灿烂，就觉得那九个小时的无眠与困倦，都是值得的。

“人生是一粒种，落地就会生根，风吹年华的梦，落叶总要归根……”在故乡时听过的歌还在耳边萦绕，如同一曲清远悠扬的笛声，总是在有夕阳的余晖中回旋。

旅　途

广播电视学 1301　韩倩

岁月无声静好，烛火幽幽不灭。

落花娴意，似水柔情。摒却一切孤、冷、嗔、怒，只留下暖暖余晖，被叶子调皮地散开，轻拂你的肌肤，细挠着你的脸，你在咯咯地笑。

人在旅途，便始终是一个人。或是对着阳光暖暖一笑，抑或是看着梧桐叶落而大悲大恸。身处这个世间，不能不接触人情世故。或许有些人，天生就是交际天才；而有些人则沉默着，沉默着。沉默者更喜欢自然，一楼一桥，一草一木，一砖一瓦，在他们眼中无不散发出和谐而绚丽的光芒。就像老朋友一般，“君子之交淡如水”，不言不语，却互相明了。李白或许也是这样看待月亮的吧，“举杯邀明月，对影成三人。”月是他的影子啊。

以前，听过一首歌，歌词里唱到：“却说不出是什么原因让你动心，说不出旅行的意义”。我想，这或许就是答案吧。

曾经，我迷恋过李清照。不为她是才女，不为她的美貌，不因她那离奇的故事，只因一句“和羞走，倚门回首，却把青梅嗅”。

词句中的女子婉约调皮，未谙尘世一般的纯净与明媚，真是比整片桃林下瓣雨都美得让人心动。于是，我便爱上了词中的女子。

现在，我倾慕着《雨巷》中忧愁的女子。我想象着，她一定是有乌黑的发髻，暗锁的愁眉，纤细却不瘦弱的长指，骨节分明地紧握伞柄，一身藕绿且清新的素裙，荷叶宽的袖口。她必是美得不可方物。而我最喜欢的，却是她的眉毛。她的愁、她的忍、她的迷茫、她的无助，全是依靠那两弯好看的蹙展起伏的眉毛体现的。多想成为这样一位女子，虽然是孤独的，但手中的伞柄却被握的很痛。于是，伞柄对她说："你是坚强的，因为我的骨头为你而战栗。"

又是一年冬季，唯一不一样的则是我读了大学，真正开始了只有我一个人的旅行。途中并非一帆风顺，更多的是不尽如人意。大学是个小社会，你跌倒了，再也不会有父母前去帮你；再也不会有人任你出气；或许还有更多人，与你旅途的目的地截然相反。于是，终于明白，该是到了自己孤独行走的时候了。火车呜呜，带走了过去的回忆，如长江之水，流了，就再也回不来了。

现在的我，喜欢上了自然。我认识了梧桐树并懂得了为它哭泣，知道了世间不如意十之八九，而你最多只是挑眉而后"忍"。曾国藩有云："人事交往中，不可过分计较，分得太清楚"。他在官场摸爬滚打多年，终是悟出了这个道理。但愿，我手中的那伞柄结实如旧，这样，它依然会对我说："你是坚强的。"天下之至柔，驰骋天下之至坚。只要我捏得动那只柄，它痛，我亦是痛，就不会迷失方向。

一个人的旅途，终究不像逛闹市，它是少数人才懂得的财富。

藏在白米粥中的爱

汉语言文学 1401　周耀钗

花褪残红青杏小，春天匆匆地撩起衣裙离开了。每年的这个时节，天气忽冷忽热，人特别容易感冒。

我就是那个特别容易被换季病盯上的人。其实不是我的身体差，只是惯性的身体不听话。然后你们就可以一睹我生病的“芳容”了——脸色苍白，鼻涕横流，平均一分钟两个喷嚏。每次看到自己这副样子，我心里都忍不住抽了自己好几个大嘴巴子。高三的时候，因为我这个样子，被好多老师莫名其妙的问询过好几次。后来，知道了实情，老师们见到我都挺尴尬。唉，往事不堪回首啊！

一旦我出现了上述症状，基本上就没什么食欲了。然而，每每这个时候也是我最幸福最快乐最无赖的时候。

“扑踏”，“扑踏”——熟悉的脚步声由远而近。我赶紧收起手机，合上小说，一下子缩到被窝里，一副熟睡的样子。但当奶奶慢慢地走到我的床边时，看到我的书凌乱地躺在床的各个角落，手机磊落地趴在枕头上，总是轻轻地叹一口气，然后笑眯眯地叫道：“钗，钗，别睡了，快起来吃饭，我做了你最喜欢的白米粥。”见我不为所动，奶奶一边把碗往我桌子上放，一边来掀我的被子。感觉到奶奶的手放到被子上了，我便一跃而起，一把抱住奶奶，高兴得“咯咯咯”笑个不停。奶奶一边帮我把衣服拿过来，一边笑着说：“你这个精怪。”

等我穿完衣服，奶奶就招呼我开始喝粥。每次这个时候，我就趁机撒娇。不是说粥烫，就是叫粥不甜，后又眼巴巴地看着奶奶。奶奶一早就识破了我的小伎俩，说：“那我拿去给你爸了。”我一听，立马不干了，伸手就去抢奶奶手里的碗，大口大口地吃起来，大夸奶奶做的饭就是好吃，又香又甜。见我这么说，奶奶的脸笑得就像一朵花，嘴上还不忘了说：“你这个淘气包，锅里还有，吃完了，我再给你舀。”嬉闹间，奶奶的味道，粥的味道，快乐的味道交织在一起，形成一种最独特的味道——幸福的味道。这种味道陪伴着我从一个懵懂无知的小女孩长成一个花季少女，抹去了我童年母爱的空隙，给我满满的爱，满满的温暖，让我像一个正常家庭的孩子一样健康地成长。后来没有奶奶的时候，我每次想念奶奶都能闻到那种味道。仿佛，那种味道如影随形，成为包围着我的空气，让我一个人慢慢地，坚强地走着自己的路，在最苦最累的日子里也不难过、不害怕、不孤单。

奶奶做粥的方法很独特。她总是把先淘好的晶莹剔透的米粒放入一只小陶罐中，然后装满水，再放入大火炉中煮。等闻到米香时，她就把事先准备好的红薯加到粥里面，再熬上一个钟头，然后倒出来，加点糖，一碗美味的粥就做好了。每当这个时候，我就像一只饥饿的小兽，拿出家里最大的碗，舀上满满一碗，端到大门坎上，蹲在堂屋对面的屋檐下一脸幸福地开吃。而此时奶奶总是再舀上一小碗放在桌子上晾着，她自己却一口都不吃。见我吃得又快又香，奶奶的脸笑得就像一朵灿烂的菊花。现在，一想起那时候的自己，嘴角就忍不住上扬。

我记得那时候家里比较穷，家乡更是一个交通不便、土地贫瘠的小山城。田里不长水稻，我们大多数是种植玉米和小麦，大米主要靠买。“物以稀为贵”，米的价格当然很高。所以家里几乎很少买米。但是奶奶每次总会给我做香喷喷的白米粥，我一直很好奇，疑惑不已。直到有一天，奶奶又在厨房给我煮粥。那天奶奶像平时一样准备煮粥时，我发现奶奶洗的米特别少，我估摸着只够一个人吃。于是，忍不住问：“奶奶，这些米够我们两个人吃吗？”奶奶却一脸平静地说：“我不喜欢吃米，我一会儿搅点儿苞谷面糊糊吃。”我一听，眼泪忍不住就掉了下来，我赶紧转过身，生怕奶奶看到。有人说，爱你的人，你爱吃的就变成了她不爱吃的，你不爱吃的就变成了她爱吃的。也许直到这一刻我才真正领会了说话人当时的心情，才发现奶奶对我的爱有多深。

后来，家境渐渐好了起来，我更加爱吃奶奶煮的白米粥了。虽然妈妈也会用电饭锅给我做白米粥，我却觉得总是缺了些什么，没有我印象中的味道。这一切都使我更加想念奶奶做的白米粥了。

放假回家去，我都会抽时间去看奶奶，尽管时间少得可怜。每次去奶奶家都嚷着要吃奶奶做的白米粥。虽然吃了这么多年，却从不觉得腻。每一次，似乎都是最初的味道，每一次我都尽量吃得和从前一样多，因为我知道这样奶奶会很开心，她知道我还是她贴心的小棉袄，她的小宝贝疙瘩，不会觉得我因为长大了就远离她。我想让时光慢慢地流，让奶奶可以陪我更久，爱我更久，也让我可以看她更久，爱她更久。

但是，岁月有时候就是一个残酷的裁判。我骗不了岁月，欺不了自己。奶奶越来越老，这是不争的事实。

她这次是真的老了。她脸上的皱纹越来越多，眼睛几乎看不见东西，手瘦的只剩下一层表皮和触感明显的骨骼，腿脚越来越麻木，再没有以前活泛了。她的小腿常常肿的发亮，听奶奶说那是她小时候乞讨途中被狗所伤留下的后遗症。一次，她拿着菜篮去菜园摘菜，因为刚下过雨，路上很滑，本来是我去的，可奶奶坚持说上学读书本来就累，放学回家还来山上看她，自然不会让我再去。于是，我坐在堂屋里看电视了。忽然，我听到屋外奶奶在叫我，我扔下遥控器就急忙往外跑，刚没几步，看到路上散落着黄瓜和茄子，菜篮子倒扣在地上，我当时心里冰凉一片，眼泪没忍住就流下来了。我哭着大叫："奶奶，奶奶。""哎，钗，我在这儿呢。"我扭头一看，奶奶竟倒在路下面的玉米地里，趴在那里，再三挣扎也站不起来。我号啕着跳下去，费了好大劲才把奶奶扶了起来。还好地里是玉米，坎儿不高，奶奶除了手被扭了，其他地方都没事。我又内疚又心疼，扶着奶奶边走边掉眼泪，奶奶叹着气说道："人老了，人老了啊！"听此，我心里酸涩不已，紧紧地扶着奶奶，生怕一个不小心，我就要失去她。经过了那件事情，我再也不敢让奶奶一个人出去了。上学之后，我强烈要求妈妈把奶奶接来和我们同住，我怕她一个人孤单，怕她一个人生病了没人知道，怕她一个人摔倒了没人照顾，怕她想我时听不到我的声音。就让时光慢些吧，不要让你再变老了，你牵挂的孩子啊，长大了，她可以照顾好自己了，你不要再为她牵挂了。

奶奶是中国传统农民的代表，她的一辈子都是在土地上耕耘，她集中了中国农民所有优秀的品质——勤劳、朴素、节俭、淳朴、善良。听妈妈说，她在我们家一刻也闲不下来，她尽心尽力地帮妈妈做家务，整理菜园。每次我放假回家，奶奶都特别高兴，她在厨房忙进忙出，和妈妈一起做了满满一桌的菜，都是我喜欢吃的。看着我吃得满足的样子，奶奶就高兴得像个孩子。每年上学临走时，奶奶总是偷偷地塞给我好几百块钱。我知道，这些钱都是姑姑们给她以补贴家用的，她却一直节省下来，在她的孙女儿离家时一股脑儿塞给我。每每这时，我总是忍着将要溢出的眼泪，任其在眼眶里打转。我不知道，这一生，我要如何去回应这深如大海般的爱。

去年离家来西安时，因为赶车，来不及去和奶奶告别。直到过年回家去看奶奶，才无意间听奶奶说起，那次我走之后，她特别不习惯，不知道我去哪里了，好久都没见到我。听奶奶说完，我的心里五味杂陈。我知道，在我不在的那些时光里，奶奶一定偷偷地流了好多眼泪。奶奶，我亲爱的奶奶呀！后来，不管我去哪里，我都会提前告诉奶奶，有时候她忘了，我就在离家之前很长一段时间经常和她说。今年我走的时候，奶奶说："钗，你是不是走早了，我记得明明还有几天的。"我心里又酸又苦，但还是强忍着说："奶奶，我是提前几天走的，因为买不到票，所以早了两天。"奶奶听了，明显地现出失落和落寞，我赶紧又说："奶奶，没事的，我过几天就回来，你别担心。"听我这么说，她才微微有些高兴。时光，你怎么这么残忍，怎么舍得让奶奶老得这么快，快到让我措手不及，快到令我心疼。

前几天我回家，奶奶兴奋得像个孩子。好一阵忙碌后，一碗我喜欢的白米粥就摆在我面前了。突然，我特别感谢生活，感谢时光，时光和生活虽然使奶奶的容颜苍老，却让我感觉到奶奶对我的爱历久弥坚，让我知道奶奶一直都陪着我，只要我回头，只要我用心去感受，奶奶时时刻刻都在我身边。

现在，我坐在明亮宽敞的食堂里，在人山人海中静静地吃着一碗白米粥，感受着你的温暖、你的爱，白粥入口，馨香甘美，就像你的爱，静水流深，源远流长，让我在千里之外仍能感受到你强烈的关怀和爱护。哦，奶奶，我亲爱的奶奶。

莫让失去成就珍惜

汉语言文学1401　李小托

时光如指间流沙，我们都应学着珍惜那些值得珍惜的人，和那些不期而遇的温暖。

——题记

人群中，我们遇见，我们寻找，我们遗忘。有很多人，我们只是路过，给对方一抹微笑，从此不再相见；有些人，存留在我们的生活中，构成我们生命中不可或缺的一部分；不论你是从我的全世界路过还是驻足，我们都不要辜负相遇。

天地之间，人生若白驹过隙，忽然而已。不知有没有人和我一样，有过相同的经历？重复地做着相同的梦，这话听来尤为熟悉。近些天看到舍友转载的一篇文章，是南派三叔写的。文章打一开头也是如此说来，内容大致与解梦有关，细品竟觉毛骨悚然，只是我却解不了自己的梦。梦里我和一群看不清模样的小伙伴在玩一种类似于“过家家”的游戏，但要比它更真实些。地点是在姥姥家的后坡，悠悠青草，淡淡花香。我的世界里有很多很多人，那些欣喜遇见的，不知不觉就错过了的，和我格外珍惜的。身边的人一波一波不停地被替换，难过的是，曾经心心念念的人竟慢慢在我的世界里消失了，没有他来时那样的轰轰烈烈。我怀念以前就着零食的嬉笑，课间课堂永不休止的打闹，还有每逢过年妈妈给我的大红棉袄。

“人生若只如初见，何事秋风悲画扇。”同寝室的舍友与其男友分手了，一切来得都太过突然。我感觉昨天他们还是柔情蜜意，如胶似漆。晚上她哭了好久好久，第二天早上起床的时候，平时炯炯有神的眸子已经红肿不堪。问及分手原因，她更是委屈得哭泣，最后得知只是因为一件小事。这不禁让我有些不解，何不彼此间宽容一些，分手那一刻我估计他们谁都没有思及彼此走近的那些甜蜜岁月。而这个小小的插曲很快就被我们的生活琐事所淹没，她依旧伤感；我们呢，却好像一同商量了般，对这件事缄口不提。其实我好想告诉她，后悔的话就去把他追回来，走在一起已是不易，要知道珍惜。可是我没有说，我并不知道，这份珍惜到底值不值得。我只知道，若他想要珍惜，他会回来找你。

“恰同学少年，风华正茂。”大学的生活难免有些枯燥，若用两个字形容我一成不变的生活，那就是“苟且”。百无聊赖之余，继续追 2016 年的超级女声。从海选到现在，愈加华丽的舞台，愈加勇敢的选手，愈加疯狂的粉丝。我看了很多场比赛，可是越看越是觉得兴味索然。我开始想念 2005 年超级女声的舞台，2005 年的超级女声。那时这个节目刚做起来，观众反响尤为强烈。也是从那一年起，超级女声变成了快乐女生。当时汪涵的主持与现在相比略显生疏，而何老师是评委，笑起来可以看到不太整齐却不失可爱的小门牙。选手决赛的服装每人都是一个样，舞台烟雾装置一经开启就砰砰直响。可是我感觉得到，那时候的他们才是真的快乐。

别时容易见时难，流水落花春去也，天上人间。身边没有朋友的时候，想到最多的便是家人，她们就像是一个千年备胎，你从未从他们口中听到一丝抱怨。小孩子心性，我爱母亲似乎更多一些。由于要外出读书，打高中时开始，我待在家里的日子就少之又少。每次回家，母亲总会准备许多好吃的，像是过年招待客人一般。因为每一顿饭都丰盛无比，我好想念平时的家常菜，苞谷棒子、母亲最拿手的臊子面。父亲呢，依旧少言少语，他对我的叮嘱就只有类似“吃饱”、“没有钱了给爸爸打电话”这样的两句。从“水浒”到“红楼”，都是父亲教我读书明理。对我，他是一如既往的严厉；可是现在我对于他来说是心之所及而力不能及。我想念他的严厉，想念他有些大声却也温柔的话语。下次回家，我想与父母亲，聊聊家常，谈谈心里话，夕阳西下，陪他们止步看夕阳。

不要觉得自己一辈子都所得无几又所失甚多，清晨打在你脸上的那抹阳光，朋友一个信任的眼神，家人给你的每一个拥抱，都是人生中最为珍贵的财富。知足常乐，随遇而安，安而不怠。珍惜生活，珍惜拥有，那么你就是世界上最幸福的人。

老 屋

新闻学 1401 黄媛

老屋的确是老了。

自战争岁月祖辈们举家流离居于此，距今已七十年有余了。在我的陕南老家，从二十世纪前半叶保留下来的乡间老屋，大抵都是一般模样。然而，我家的老屋，我能说出它十二分的独特来。

年幼时，老屋就高高在上，特立不群。站在门口向下看，是九级高而宽的台阶，和外面的世界相勾连。儿时的我总也弄不明白，这台阶为何如此之高，以至于每每“贱忙”，不得不攀爬着上下。随着年岁渐长，才从父辈们的“古经”中得知，这老屋原本是一户王姓地主家的老宅，如今早已残败不堪。而当年的老宅却真是人欢鸟叫、丁财双美，承载了何止一代人的风光。

两边天井式的四合院落，想是那个时代有钱人家住宅的“流行”布局。正屋两边，东西对称，由两栋厢房（又称“耳房”）左右拱卫着。这厢房又分上下两层，二层供女工们织布、养蚕及绣花之用，有两道门与正屋偏门相通。一层较之二层，则功能更全，大抵是油坊、粉坊、磨坊以及长工伙计们歇脚用饭的场所。天井的正前方，“关拦”着一幢高大气派的门楼，由两面矮墙分别与厢房的尽头相连，显得紧致、恢宏而大气。

后来王家家道中落了，房宅主人更不知流连何方。我的先祖们来到此地时，这屋已是荒芜不堪。门楼倒了，一应附属性用房也因早已废置，几成残墙断壁。幸而正屋因其基础沉稳，墙体坚厚，尚无坍塌之虞。再后来，村集体为了扩大生产，把这些残垣败土一并推翻，辟做宽大的晾晒场。而供祖父辈安身栖命的“上房”，也在靠东头腾出宽大的一间，被征为队里的“保管室”。自此，我们这一户“流民”，才算是真正的安家落户了。

只是，我的老屋却越发得老了，再也难返当年的恢宏和壮威。那道“承上启下”的高阶，亦无复往日的平稳和坚实。春日里，几棵不知名的小草，从石缝儿里探出娇嫩的脑袋，仅靠着小小的石头缝隙里那一点点可怜的泥土和水分顽强地生长着，在微风中左顾右盼，似是向人们倾诉生存的艰辛与悲苦，又好像是对美好生活无尽的向往和追求，恰如这一方人。而那方宽大的晾晒场，许是经历了太多的风雨驳蚀，表面散落着大大小小的石块。不过整体看来，还算平整。这些石块和泥土的养分似是极强，场上总有些“不识时务”的野花野草挣命般钻出来，凑这份热闹，像是故意和人捣乱。我年少时即随父母搬离此地，并不经常见到老屋，但每每回到老家，却总能感受到爷爷奶奶们那份“除草务尽”的雄心。乍一看，那石阶仿佛披上了一层绿毯，别是一番“花团锦簇”的味儿。我常想，若不是它们繁衍生息的场所选择的确不当，这草儿也是可爱极了。

晒场的边缘，是一长排尺来高的石台，据说是爷爷辈在当年门楼的基础上改装的，上面整齐地铺列着一块块厚厚的长条板石。年复一年，石面摩擦得更加光滑了，仿佛自我幼时便倚卧在此玩耍。夏日的傍晚，大人们结束了一天的劳作，总爱悠闲地坐在此处歇息，谈古论今，陶然自乐。因而，这地方成为大人以及孩子们生活中不可缺少的一部分。月上枝头，星光四泻，泱泱夜色中，几只小小的萤火虫闪动着幽光，在头顶上飞来飞去，草丛中那些个叫不出名姓的虫儿们此时比赛似地喧闹着，给这夜的世界平添了几分幽深、空灵和沉寂。长长的卧石上还残留着白日的余温。大人们或端着老碗用晚餐，或伴着一盏浓茶、一袋旱烟相互攀谈。如今我遥想这长石，总禁不住忆起儿时的嬉笑与玩闹。这一晃眼的工夫，竟也有十余载了。

踟蹰在礓礤顶端，眼前便是老屋的大门。这门年岁渐久，无论何时看它，总会有一股沧桑的感觉油然而生。门框是黄檀木的，宽而厚。这种材质的木料据说千年不腐，一如这老式的乌桕木门板一样。这门板分明是有些年头了，上面堆叠了多年来年画的残垢。许是此种材质具有一种防虫抗腐的功能，时至今日，仍难以从中寻见一个虫眼、半分朽迹，真所谓“户枢不蠹”。我不知当年，在新主门楣之时，此门是何种颜色，大抵是新鲜的油黄或淡黄吧。数十年过去了，这门在历经了岁月的洗礼后，早已蒙上了历史的厚尘，变成了灰黑色，门框上只有依稀可辨的一副对联：归藏连山演周易，论语尚书读大学。时刻提醒着我们，岁月的尘埃只能袭染其外表，而其精神内核，则永远是丰满、充实和强大的。

但老屋终归是老了。一如其门楼、厢房的荡然无存，作为老屋主体的正屋，也终会有那么一天，如同它的老主人一般，彻底抖掉岁月的灰烟而黯然退出历史的烟雨。这或许是时代的必然，任凭人力，也无法逆转。那么，我的这篇文字，就权作对我的老屋最后的礼赞，和永恒的纪念与追思吧。

渴　望

汉语言文学 1501　王萌萌

我理解的渴望，是对于一件事情或者某种情感没有得到过而内心想得到，即因渴而内心希望。

重男轻女的传统观念由来已久，我的性别已然决定了我的出生不会得到别人家孩子大都有的“隔辈爱”，更不能享受到与他们在一起的时光。

还不会说话的时候我想对她说：“奶奶你快来看我，我是你的孙女啊，你看我多可爱呢。”可是我“咕噜咕噜”转动的小眼睛里出现的老妇人皱着额头，不肯理我。我的心里分明有种力量在升腾，那是一种渴望，一个几个月大的婴儿的渴望。时光飞逝，我会走路了，我能一个人上幼儿园上小学了，时不时听到的是妈妈在嘴边的感慨:“你说从你出生她来看过你几回,更别说带你了。爸妈工作忙，想着让奶奶帮忙带你，她却一句‘不可能’硬生生将我们拒绝了。”这个时候我会不说话，会想好久。想着为什么奶奶不喜欢我，是不是我不够乖、不够漂亮、不讨她开心？我觉得此刻自己会有落寞与悲伤。一年只会见她一次，她不会主动来看我，爸妈也只会带我见她一次，或许出于谁都不见谁，才不会不高兴，于是就保持这种一年一次的定律。

到了该懂事的年纪了，我妈也不怕我多想，直接和我说："你奶奶不喜欢女娃，喜欢能继承香火的男娃娃。可你不是啊，你大了就成别人家的了。每次你生病要吃药你奶就会说吃啥吃呀，扛一扛就过去了，而你二爸家的小子一生病你奶就赶紧把他往医院送，嘴里还嘟囔着不敢把娃耽搁了。这下你知道你在她心中的分量了吧。"看着母亲泛红的眼圈，我知道奶奶因此不待见她，而妈更心疼我。我知道小时候的第一次渴望又出现了，我想让她对我笑，和我聊天，和我说家长里短。

我完全是个不爱说话的姑娘，只会默默做事。于是我给爸妈申请暑假要到奶奶家住几天，我说想爷爷奶奶了。妈妈愣住了，问了一句："你确定？"我斩钉截铁地回答："确定！"其实这一切爸爸都懂，因为他是最了解他母亲的人，可是爸爸也没有办法啊。我以为只要去奶奶家勤快一点就会讨得她一点的欢心。可是奶奶依旧冰冷的态度，不愿和我多说一句话，晚上她终于说话了："你说你爸是家里的老大，按理应该有个男娃，谁知道你妈不争气生了你，以后你爸死了都没个举火盆的。"爷爷看着我泪汪汪的双眼，朝着奶奶直骂道："闭紧你的臭嘴！"依稀还记得，那天晚上我是哭着睡着的。几天过去了，爷爷突然把我叫到隔壁房间，从他的裤兜里掏出一百块钱给我，我拒绝了，爷爷坚持将钱塞到我手里，"快拿着，不要让你奶奶看见了，一会她又该骂人了！"爷爷小声说道。后来爷爷每次给我塞钱，他都会说这句话："别让你奶看见，她不让给。"我的眼眶湿润了，在这个家里还有这么一个偷偷爱我的老头子。回家去的那天，奶奶始终没有出来送我。回家后，发现包里塞了几桶饮料，我猜想大概又是爷爷偷偷塞进去的吧。

我的渴望是不是就破灭了？因为渴望得到奶奶的一声嘘寒问暖，渴望奶奶拉着我的手一起散步，坐在车上的我终于还是哭了，哭得泣不成声。回到家后，父亲看到我红肿的眼睛，问清事情的来龙去脉，沉默着点燃了一根烟。

其实我并不渴望其他的什么，只是她简单的拥抱。要是我是个男孩该多好，这样就能被她宠爱了，可惜我不能了。我不知道有人是否和我一样，什么都没有做错，只因这女儿身。是不是可以没有奶奶的疼爱，是不是只要爸妈足够爱我就好，可是我想像其他孩子一样。安慰自己，说服自己，内心挣扎，可还是渴望。

期待的十八岁终于来了，我拿着自己的成绩单给奶奶看，告诉她别人能做到的我也能做到。可是她却说："只怪你二爸家的小子不好好用功，要是他好好学习肯定比你优秀……"我没有说话，只知道做得再好在她眼里都无济于事。从这以后，我不再在她面前努力争取什么，因为永远都不会使她满意。这下好了，在外地更见不到她了。那天她来我们家说："你要是个男孩该多好。"我以为这是她对我的让步，内心有一丝丝的开心，是不是我的渴望有希望了。不，我的异想天开，我的一厢情愿，我的自作多情。她接着说："你以后有出息了要帮着你二爸家那小子，不要学白眼狼，你们是有血缘关系的，我们还指望着你帮他呢。"

我终于明白了，不管现在或者将来，我都不会博得她的喜爱。或许她觉得，我还是有利用的价值，我还能帮助她那王家唯一的香火；却从来没有真正心疼过我、担心过我，从来不知道我喜欢吃什么。不论何时，我都不会是她牵挂的那个人。我不再像以前那样，听闻后还会心酸，而是耸肩一笑了。

懂得彻底，我的渴望会一次一次被她打回地狱，无情，冷酷，终于渴望快要被用尽了。最后一次，我只希望不管这个渴望的结果什么时候会来，我总会等到，不要落空。

崔家妹子

汉语言文学1501　崔萌

有些人，注定是和黄土打一辈子交道的。出生时，呱呱坠地在那土炕上，死后也会在哀号声中被埋进黄土。

并不知道她叫什么，只知道她本姓高，被娘家的人唤作崔家妹子。18岁的她便成了崔家的媳妇，被冠以夫姓。嫁给欢喜的人儿，被冠以夫姓是幸福的，但她是不开心的，不开心到她从不愿提起。不知道是因为那个男人给的她太少，还是留给她的太多。

她说，那个男人牵着一头挂满东西的毛驴来了，她家的大人笑嘻嘻地迎接了他，还用最好的吃食招待。饭后，她骑着那头丑陋的毛驴，带着一袋小米，就跟那个陌生的男人走了。她身边的人都说她要去外头了，要去过好日子了。她却很害怕。那年她18岁，夫家有一个病怏怏的漂亮的大房，还有大房的一对儿女。因为这，她的迎亲队伍没有唢呐声和擂鼓声。

她说，大房对她很好，但是两个孩子不理她。那个男人很凶，会打她。后来不知道发生了什么，她带着还很小的孩子回了娘家。所有人都夸孩子长得有福气，她吃了一碗满是菜没有米的饭后，又骑着毛驴回去了。由于没有好的吃食，大房的病更严重了，就算用毛驴卖了的钱去治病依然没有救过来。可能是没有了毛驴，也没有其他的交通工具，她再也没有回过娘家。

她说，人真是可笑。那个男人的死真让人不知道咋说才好。已经不记得是一个什么节日了，她做了很大一锅饭。说是饭，不如说是一锅的树皮、菜叶。不过令人开心的是，因为节日的到来，人可以随意吃，吃到饱。那个男人吃了很多，也许是因为食物太杂、不易消化，一口饭食卡住，缓不过气来，又不懂急救而死。那年她已有6个孩子，最大的13岁，最小的还不会走路。埋了那个男人，大房的两个孩子自己分了家走了，她的这个家就剩下了6个孩子。后来饿死了一个，只剩下了5个了。她挖了一个小小的墓坑，埋了女儿，因为那孩子真的是太瘦太小了。

她在说这一切的时候，总是很平淡，平淡得好像是在讲别人的故事。她说给我最多的就是，等她死了不要和那个男人埋在一起。我总是笑她，她便打我。她曾说过一句让我惊讶了很久的话："我们都像这黄土一样。"

后来她去世了，她还是和那个男人葬在了一起。她去世的时候，她的孩子、孙子都围在她的身边。她躺在土炕上，身体慢慢变得越发冰冷了，连炕也没有办法去温暖她。送她走的时候很热闹，她的长子——我的爷爷请了最好的唢呐匠来，院子里跪满了她的儿孙。在哀怨悲伤的唢呐声里，她进入到崔家的祖坟里。我是她照顾到大的最后一个崔家人，也是唯一听过她故事的人。

就像她说的，我们都像黄土一样。她融进了黄土，从此，黄土也成了我最亲切的黄土。

过一段没有手机的日子

汉语言文学 1502　秦敏

可能是西安的冬天杀死了秋天吧。他讨厌秋天那漫长而又温婉的气息，他迫不及待地在古城中寻找自己的立足之地，希望得到人们的注视。他总是那么不甘寂寞，在安静了一个春夏之后，就希望出现在人们的生活之中，贯彻于人们生活的方方面面。

我不喜欢这样的冬天，总是一味地寻找自己的存在感，总以为离开了他别人就活不下去。我们都是这个社会上微小的一分子，微小得对别人的生活带不去一丝的影响。一味地寻找存在感的冬天，急匆匆地踏进人们生活的冬天，他用一层又一层的雾霾把人们笼罩起来以显示自己的强大威武。海南没有冬天，即便是有四季，冬天也都是温暖的；昆明四季如春，也会温暖着她怀抱里的人儿。而西安的冬天让我失望。

四季都是如此，又何况是我们这些活生生的人呢。生活在这个灯红酒绿、繁华热闹的社会里，我们谁都逃脱不掉被沾染的可能。我一直说自己怀念那个时代，有那个时代的灵魂，却不幸又有幸地生长在了这个时代。我喜欢那个节奏很慢的年代，车、马可以行走一天，乐此不疲地去见想见的人，去做想做的事。而这个时代，一条信息，一通电话，三言两语就能填补心里的空缺。我梦想的世界不是这样的。精心的准备可以不是精美的妆容、不是庄重的服饰、不是精心的安排，而是怀着忐忑、惊喜的心情去见一个人，去做一件事。不论结果，都有收获，重视过程的享受。现在，看着身边的人忙忙碌碌，我却怎么也安静不下来，去认真地做一件事，哪怕是令人高兴地对自己有很大帮助的事情。我不是圣人，我只是普通平凡的一员，受到社会环境的影响，受到身边同学的影响，受到利益之心的熏陶，我也在向利益趋近，还美其名曰社会的生存法则，我是为了将来更好地生存。其实我心里清楚，我不过是在给自己开脱。

其实，我很想知道在这个快节奏的时代里，离开手机我们还能不能正常地生活。为此，我实验了很多次，最后发现手机也是有它存在的必要性的，比如亲人间的正常联系，好友间的亲密问候，同学间的互相交流。除此之外，时事新闻学的了解，娱乐八卦的谈论，社交软件的应用……这些使得我们离不开手机、电脑等这些改变生活的高科技产品。

对我来说，手机不是万能的，没有手机却是万万不能的。我本着手机最基本的功能，与家人联系，与好友交谈。除此之外，它对我而言就是废物。我也曾尝试着玩起游戏，让自己对手机不那么陌生，多刷刷微博，了解新闻与时事，多和朋友聊天，给自己的生活多一些调味品。但是失败了，我依旧对手机提不起太大的兴趣。

现在，我可以时常把手机不带在身边。因为我知道，不会有人突然打电话到访询问我自己的生活状况和身体状况，也不会有人突然给自己发消息要探讨人生。道不同便不相为谋。每个人都在忙于自己的生活，还有谁会顾得上我呢，我不是暖阳，不会受人奉养。好在自己也不会去无缘无故地打扰别人，迁就别人，享受一个人的孤独，也不惧怕一个人的寂寞。

如果有人愿意享受孤独，那么孤独也是一种美了。认清现实总是好的，谁的人生总是一帆风顺呢？我不是别人的绿叶，也不会做别人的红花，安安静静地过自己的生活，不祈求在别人的生命里扮演不可或缺的角色，也不愿在人前努力刷自己的存在感。我可以不过多的使用手机，说实话，我也不能没有自己的手机。

寄出去的信件，我要用手机通知朋友记得收信；多变的天气，我要用手机提醒家人注意防寒保暖；漫长的日子，我要用手机传达我对好友的想念。手机于我，不是陌生人相识的工具，是我和熟人想念的纽带。

或许我们走那么远，不是为了看风景，而是去天地尽头会一会自己，把喧嚣的尘世抛在身后，过一过没有手机的日子。

跑步随想

秘书学 1501　牛园

摘下耳机，听喘息声从嘴边随着呼出来的雾气一起消散在夜色中。摆动双臂带动着双腿奔跑在跑道上，我能清晰地感受到心脏有力地跳动、感受到每一块肌肉每一条韧带随着身体的移动发力所产生的酸痛。是晨的使者，清晨六点半的操场我曾迎接过；是夜的侍者，夜晚十点的街道我也曾守护过。参加过运动会长跑比赛，也挑战极限参加了迷你马，甚至还痴心妄想要在 25 岁之前完成一次全程马拉松……这就是我，一个普通的跑步的人。那么当我选择用文字谈论跑步时，我该谈些什么。

迈开第一步，我花了整整 18 年

大学之前的求学生涯，我严格遵守着“绝不锻炼”“锻炼就是浪费时间”的原则，于是每个学期的体育素质测试便成为一场场噩梦。八百米，仅仅绕操场两圈的距离是我望也望不到头的旅程。那时的跑步是魔鬼，好像一接触它便会被肢解、被锁喉。当然，随之而来的是病痛，是三天两头吃药打针的烦恼，体质弱也逐渐成为学习路上的一大阻碍。高考结束进入大学后，我下定决心要做的第一件事就是——跑步。第一步太难，难在不仅要克服生理上的不适，更要对抗这么多年来在心理上对跑步的恐惧。可我深知，没有健康的体魄也不会有健康的灵魂。于是我便踏上了跑道，开始了漫漫的跑步征程。不出所料，第一次跑步在第二圈的时候就停了下来，足底韧带剧烈疼痛让我难以站立，双腿的乳酸堆积使我再迈不开一步，喉咙的灼烧感让我难以说出一个音节……我知道这是一次重新开始的机会，是和柔弱的自己说再见的机会。就这样，第二次，第三次……我忍着不适跑了下来，当我第一次完成五公里时，眼泪和汗水成为我勇敢迈出第一步的真实印迹。如今回头看，着实佩服自己的勇气。千里之行，始于足下，第一步是最重要的一步。

迈开第一步，我学会了很多

下课后的操场聚集了不少人，有散步的大爷大妈，也有一同锻炼的同龄人。我看到了苦苦挣扎在跑道上的小胖子，闻到了学姐身上沁人心脾的香水，听到了小妹妹的重重喘息。我们各自都像一颗星球，跑道就如同轨道，每次我们的轨道重合时都在心里默默打招呼，你好呀，加油啊……孤独却不孤单。从柳叶泛青，到高温难耐，到秋雨绵绵，再到寒风刺骨，一圈又一圈，一天又一天，总有人陪在我身边。虽然我们从不认识，但是有你的陪伴，我觉得跑步也不是那么难熬。我是一个不顾全大局的笨拙跑者，从来都是在前半程乐观地高估自己的能力，后半程毫无例外地陷入悲催的困境。可就是这样一步步缓慢地迈着双腿，只要方向没有搞错，一步一细碎的积累也能让我充满成就感，也能让我感受到自己的不平凡。正视孤独并享受孤独，理解痛苦并接纳痛苦，坚持完成任务这都是跑步带给我的独特体验。

迈开第一步，做真实的自己

沿着操场既定的轨道，或者穿过拥挤的城市，雨打在身上，风吹在脸上，我开始感觉到快乐在聚集。本质开始慢慢呈现，我们生下来不是为了坐在餐桌旁喝咖啡、看报纸，而是为了更广阔地生存。当跑步时，我不是谁的孩子，不是谁的学生，不是谁的爱人，那些生活中需要的身份都统统不见了。继续跑下去，我只能感觉到自己的两条腿带动着我前行，这时候我才会真正思考我是谁或者我是什么。曾于深夜跑在街道上，在灯红酒绿中遭遇了塞车，道旁挤满东倒西歪肆意挥霍自己青春的人。我知道，白驹过隙，谁也不比谁高尚，我的人生也未必会比你的更加精彩、更加有意义。但放纵是一生，坚忍也是一生。当我知道自己想做什么的时候，我的双腿自然会给我答案。如何活着，选择还在自己。

我们每个人都是一个与众不同的孤本，看世界的方式自然也就不同。不惧伤痛、不畏严寒，绕圈跑并不意味着重复，僻静的小道上也并不孤独。穿梭在人流与景色中，头脑与身体比任何时候都属于自己。我不是跑步精英，有可能这辈子也成不了跑步精英，但我是一个跑者。我一直在路上，从失败跑向成功，然后从头再来。压力、恐惧、孤独、群居、结伙、愉悦、竞争、复原、逆境、力量、伙伴、骄傲……这些是我的借口，也是我的理由。我曾想是什么推动着跑者不断坚持，我明白那是一种更加坚定的力量。

跑起来吧！一旦跑起来你就知道当我谈论跑步时，我谈的是什么。

童年那条小溪

秘书学 1501　陈玉琦

我的记忆中有这样一条小溪。它静静地流淌着，时有孩子们戏水的喧闹声环绕它旁。没错，那帮孩子就是我小时候的伙伴们。

放学的铃声刚刚敲响，我便扯着书包奔出了教室。伙伴们早已在旗杆下汇合。我们相约去村边的小溪玩耍。那是我童年最喜欢去的地方。

穿过一片不算茂密的树林，就到了小溪边。正值酷夏，岸上的凉风给人一抹清凉舒适的感觉。在夕阳的涂抹下，水面上一片金黄，伴随着溪水的潺潺流动，这片金黄像极了一条腾飞的巨龙。岸边长着许多翠绿的青草，在斜阳的映衬下，充满了油画般的感觉。

大家都迫不及待地投入到这幅油画中去，一个个光着脚丫，一步一步迈入溪流中。这溪水如同被冰镇过的一般清凉，仿佛整个夏日的炎热都被这冰爽的溪水给消散了。水流很平缓，想必也是厌倦了夏日的浮躁与火爆。水位也不高，刚没到我们的膝盖，让人觉得很舒心，很平和。

溪水清澈见底，偶尔可见鱼和蝌蚪游过。水草在水底柔柔地伸展着，有时它们也会成为鱼儿嬉戏的乐园。而我们最爱做的事情，就是踩在水草上，软软的，好像做脚底按摩一样。爱美的女生也会摘下水草的几片叶子，悠闲地坐在岸边编个美丽的手环。淘气的男孩们则打水仗，捞鱼苗，或是在岸边的淤泥中捉泥鳅。

有时，我们也会三五成群地凑在一起玩。有个小伙伴提议说做一个木筏，在得到大家的一致赞同后，孩子们就分工行动起来。女孩子们放下了编制的手环，男孩子们放生了刚捉的泥鳅，大家都聚在一起，开始为制作木筏而努力。那时候，大家很单纯，想到什么就会尽力去干。很快，木筏做好了。虽然都是用捡来的树枝和水草做成的，很粗糙，不能坐人，但我们的心里还是美滋滋的。童年的我们就是这么容易满足。在落日洒下的最后一点余晖中，我们笑着，跳着，手拉着手，开心地回家去了。

我所能记起的有关童年的片段中，这条小溪，以及关于它的人和事是最多、也是最清楚的，它一直伴随着我的成长静静地流淌。即便现在我已经长大，这条小溪已经断流，我所能想到的回忆还是美的，就像一首诗，一幅画。

如今，当年的伙伴们已有了各自的新朋友，天各一方，联系的次数也少了。然而每当有人提到当年一起打水仗、捉泥鳅的往事时，大家都会有说不完的话题。

闭上眼，童年嬉闹的画面又浮现眼前，伙伴们甜甜地笑着，溪水缓缓地流动……

那个让我收获充实的人

秘书学 1501　陈琦

人的一生不可能只有一个方向，总会有那么几个转折点，将你渐渐地导向某个方向。

因为不喜欢学习，中学的时候，我常和大家眼里的“坏”学生一起玩。初三时被父母强制转学，才遇到了他。他对我的态度总是带着偏见似的，生怕班上的学生被我带坏，在班里明令禁止任何人与我接近；同时也严禁本班学生与外班学生往来，分明要把我孤立。没错，他就是我转学后的新班主任。

我和他初次“交手”是某天下午的眼保健操时间。桌兜里手机 QQ 振动个不停，全是以前学校的同学对我的问候。他耳朵灵敏得不得了，一下子就听见了手机的振动声，毫不客气地将我手机没收，当场摔在了地上。从此，我和他也就结下了“梁子”。

有次同班一个女生说我坏话，使得我暴跳如雷。我气势汹汹地去找那女生理论，后来被他知道了。他把过错全归咎到我身上，我被勒令叫家长、写检讨。

每次月考完，他总是要把我叫到办公室进行一番“羞辱”。

对别人是苦口婆心的教导，对我则完全是“攻击”。“你转班吧，在我班上只会拖后腿。”这句话他不止一次说过。物理是我最差的一门课程，作业经常不交。他以“你物理差，拉低了班级平均成绩，就该为大家服务”为由，让我当物理课代表，每天被迫与物理老师“亲密接触”。

我喜欢长头发，总是把头发披散着，因为我老觉得头发被绑束着阻碍大脑呼吸会变笨。他多次让我扎起头发，我都充耳不闻，这个矛盾就此持续了两周。在我暗自庆幸自己过了一关时，他拿着一把剪刀走进教室，警告我说：“不扎头发我就给你剪掉了！”

在班上，我最反感的就是他整天挂在嘴边上的“三好”学生，总觉得那些“三好”学生只是会做样子，扮乖巧。最最反感的是，他还安排我和一名“三好”学生同桌。我和同桌永远是他举例的正反典型。

第一次被他表扬，是我的班级名次进步了 5 名。他在班上说，让大家向我学习，要努力争取进步的空间。我的虚荣心大大膨胀，第一次知道被表扬的感觉这么美好。

此后，每节课我都认真听讲，每天下午吃饭时间，我连宿舍也不回，在教室写作业。每天晚上熄了灯背着宿管老师躲在卫生间背化学公式。每天收物理作业我把自己的放在最上面，想让老师第一个批改。同学都说：“你变了。”“哪里变了？”“变得更亲近了。”我觉得我大概是不张牙舞爪了。

初三，让我第一次尝到只要努力了就会有收获的滋味。我开始自信起来，并且愿意去努力，没努力过的时候是不会知道这些的。不知道一个人成长的速度会像光速，也不知道付出的过程让人充实。

“张牙舞爪的人，往往是很脆弱的。因为真正强大的人，是自信的，自信就会温和，温和就会坚定。”后来返校拜访老师时，我才懂得他教会了我太多。是他改变了我，改变了我的人生轨迹，把一条二、四象限的直线变成了一条开口向上的抛物线。

被选作物理课代表，是为了让我每天和老师沟通来提高成绩；逼我扎头发，是想让我明白整洁是一种美；知道我抄袭还表扬我进步，是为了让我体会“优秀”与“差劲”的距离。

所谓知己知彼，百战不殆。老师了解我，也用了适合我的方法让我成长。我现在还清楚地记得他的样子，大恩不言谢。我在自己的生活、学习中继续努力，这应该才是我对他的最好回报吧。

人生是一场需要人陪伴的旅行

新闻学 1501　汪艳红

与往年一样，秋天似乎过早地光顾了这座北方的城市。西安高温的天气早已褪去，换来的是从远方吹来的西风。风吹过耳边，像是在歌唱。这里的天气实在有它的独特之处，干爽的秋天，是我们南方所没有的。

终于可以抬头认真地看看头顶沉静的蓝色和大朵的白云。我们在这世界上的某一个角落，世间生命倒映在眼眸，每一步都是不一样的风景。人生如同一次长途旅行，从出生的那刻起，我们就不是独自一人。从此，无论走到哪里，都总有人陪伴。

刚来到这世上的孩子，有着水汪汪的眼睛，肉嘟嘟的稚嫩面庞。父母陪伴着他们，他们便怀着对这世界的好奇，开启人生旅行的第一步。然后他们慢慢学会说话和交流，寻找自己的玩伴，一起感知这世界的温度。彼此好奇心的碰撞，让年少的孩子们乐此不疲，并为此欢呼雀跃。他们也许还不懂结伴和融入群体的意义，却能真实地体会到这份愉悦。

成长期的青年，发育强健的体格和不断丰富的知识让他们拥有更充沛的行动力。在这场人生旅行中探索未知，也许走出自己熟悉的小世界，走向更辽阔更复杂的远方。他们不停地寻找和遇见与自己相似的灵魂，三两个挚友，一群志同道合的伙伴，去远方大冒险。去往远方的路途中，有迷雾，也有难以逾越的障碍，疲惫的时候会发现，和恰当的人走在一起，偶尔推心置腹地倾诉，能给心灵以抚慰。在探索世界的旅途中，青年们相互扶持，彼此做出一番成就。

人到中年时，最易感到孤独。重复循环的工作，应付不完的家庭琐事。为了更好的生存条件而放弃了那些曾经为之振奋的事情。彻夜难眠不再是因为激动、欣喜、期待，而是因为担忧、压力，有时也因为那逝去的激情燃烧的岁月。谁说中年人不轻易流泪呢，他们的泪流在深夜，或是流在心底。那时，家人成为他们人生旅行走到这一站最大的安慰和最贴心的陪伴。这一站，风尘仆仆，行走多年，才更懂得什么是牵挂。

当苦心哺育的孩子终于走出自己的怀抱，开始闯荡世界，走那些我们再无法庇佑的人生之路时，生命的衰老在孩子的成长中日益明显。体力大不如从前，所有人都告诉你，该歇歇了。相互搀扶的两个生命，像是年轻时决定要相守一辈子的承诺般美丽。从对事物的好奇，到冒险探索，再到与社会艰难地磨合，走到生命的最后一站，终于可以换种心情重新看看这世界。这场人生的长途旅行，待到双鬓斑白时仍能牵着对方的手看遍风景，是多么幸运哪。

我们从出生起，就不是独自一人，此后的年岁少不了他人的陪伴。感觉孤独的时候，想想那些年陪我们一路走来的人。无论如何，谢谢在无知莽撞的年纪里，在曾经疲惫不堪的岁月里有你们陪着平凡的我。

奶奶走了

新闻学 1501　万宇帆

院子里的枣树走过一年又一年的春夏秋冬，记忆里的老房子还依然立在那里，只是少了些欢声笑语。当我再次回到老家，回到那个熟悉的地方，却多了些感伤。

本以为一切都会和以前一样。在我推开门的那一刻，眼睛却酸了。院子里的杂草，随处可见的垃圾鞋袜，各种各样的杂物堆满了院落。黑乎乎的房间，白天跟夜晚一个样。尘土充斥着鼻腔，这还是我熟悉的那个家吗？看到这一切，我的心就像被什么东西狠狠地戳中了一般，泪水滚滚而下。我知道这一切迟早会来，可还是忍不住泪流满面。就在那一年，最疼爱我的奶奶走了，就这样永远地离开了我们。从此，失去了老伴的爷爷孤独地生活。

记忆里的老房子，夜晚有满天的星星。我们在枣树下乘凉，聊着说不完的话题，还有奶奶的手里做不完的针线活……这些都随着奶奶的离开而永远去了。我的童年也伴着那一声再也无人应答的“奶奶”随风逝去，只剩下悠远的回忆和思念。仍记得，奶奶会拉着我的手去小商店，会和爷爷给我讲他们年轻时的故事，会在七夕节的早晨教我做面娃娃，会在午后和傍晚的时候唤我回家……可现在，奶奶却不在了。

依稀记得，那时奶奶已经卧床好几个月。病痛折磨得奶奶骨瘦嶙峋，突出的颧骨，深陷的眼窝，两鬓斑白的发丝已经脱落的没有几根，像是一副没有了灵魂的躯壳。听妈妈说，奶奶已经好几天没有说过话了，甚至连一个声音都没有发出过，只是偶尔睁开眼睛看看，然后又沉沉睡去。回到家的那刻，我叫了一声“奶奶”，她竟睁开了眼睛，颤颤巍巍地伸出自己的手去拉我的手，嘴唇艰难地嚅动着，说了一句：“你回来了！”听到奶奶的这句话，我再也忍不住了，大哭了起来。每次我回家都会叫一声“奶奶”，现在我真的好害怕再也听不到奶奶的声音，害怕感受不到她手掌的温度。

整日照顾奶奶的爸爸也憔悴了许多。他戒掉抽了多年的烟，脸上没有任何表情，只是默默地给奶奶吃药打针，日复一日地重复着。那个冬天对于我们家来说，显得格外的漫长与煎熬。时间一点点流逝。我想，冬天要结束了，春天也就不远了吧，奶奶的病说不定在春暖花开的季节会好起来。

冬天终于过去了，春天也来到了，院子里的枣树长出了新芽，可奶奶却离开了。

送奶奶走的那个早晨下着瓢泼大雨，所有的思绪都随着这雨声杂乱起来，风云变幻的天空忽明忽暗，更觉压抑。要送奶奶走了，爷爷摆摆手让我们出发，说自己就不去了。

一路上，风雨吹打得我们难以前行，好像是奶奶对家留恋不去的情丝。我们全身都湿透了。到了坟地，一片泥泞，脚陷在泥地里出不来。使劲往外拔，脚拔出来了，鞋子却还陷在其中。雨下得越来越大，看着奶奶一点点隐没在土壤里，一点一点又消失在大雨中，我的眼睛也一点点地在模糊。转过身，突然看见一个人影，打着一把伞远远地站在雨里，走上前去才看到是爷爷。爷爷不是说他不来么，一生坚强的爷爷，眼眶现在是红的，几滴泪水挂在眼角。这是我第一次见到爷爷流泪。

以前从未真正感受过离别的意义，车站月台，暑往冬来，直到这一刻才明白。奶奶离去的场景，爷爷孤单的背影，似乎更让我懂得了什么叫“情”。人活在这个世界上最大的牵挂还是人，因为有了人才有了情，才懂得珍惜。

心有猛虎，细嗅蔷薇

广播电视学1501　姜文

英国诗人西格夫里·萨松说过：“In me the tiger sniffs the rose.”诗人余光中将其译为：“心有猛虎，细嗅蔷薇。”看似简单的八个字，仔细琢磨，却字字珠玑。“猛虎”和“蔷薇”是人们心底的阳刚与阴柔。每个心怀理想的人，想必内心也有和蔷薇一样的恬静吧。

“猛虎”和“蔷薇”，这两者林徽因皆有。单是就名字也足以看出林徽因是一个外秀中慧的女子。小小年纪跟随父亲周游世界，增长见识，开阔眼界，又出身于书香门第，她的诗也如秋叶之静美。写诗是林徽因的爱好，是林徽因心中的“蔷薇”；而她心中也有“猛虎”，抗战爆发后，她和丈夫带着全家人南迁，风尘仆仆，贫病交加。林徽因本就体弱，在这种内外交困的时期，林徽因如石缝中的松柏一样顽强地活着。用松柏来形容林徽因的坚强，一点也不夸张，那时她已是两个孩子的母亲。林徽因瘦小的身体里竟蕴藏着如此巨大的能量，不仅亲自操持家务，更要和丈夫梁思成一起考察保护中国的古老建筑。此时的林徽因也已不复当初的天真烂漫。在战乱的年代，她带领全家人躲避战争的摧残，同时和梁思成一起成立了中国第一个建筑系，将西方建筑学引入中国。战争结束后，林徽因一病不起。即便这样，她还是亲自主持并参与国徽和人民英雄纪念碑的设计工作，她的贡献会被历史所铭记。

同时拥有“猛虎”和“蔷薇”两种情怀的人，还有宋代大文豪——苏轼。苏轼曾发出“老夫聊发少年狂，左牵黄，右擎苍”的豪言壮语，却也有“枝上柳棉吹又少，天涯何处无芳草”的百转柔肠。年轻的苏轼文笔清新洒脱，颇得欧阳修赏识。而后苏轼声名大噪，每出新作，总是一番洛阳纸贵。无奈，一代才子的仕途总是坎坷不平，他因反对新法和宰相王安石意见不合而被迫离京。此时他眼中的世界，早已不是心中所想的“平和世界”。苏轼一再被贬，所去之处远离京城，却也因此领略到了大自然的美。他的诗在豪放和婉约两种风格之间自由转换，由此写出了“照野弥弥浅浪，横空隐隐层霄”这样的千古名句。

生活，人生下来能活着已是不易，更何况苏轼的人生中屡屡受挫，却还能有如此乐观豁达的心态。“猛虎”和“蔷薇”两者不是针锋相对，而是相辅相成，它们都是不可多得的高尚情怀，是人生的标杆。

有人说过，“人生就像一杯茶，不会苦一辈子，但总会苦一阵子。”记得初中时期的我，目标是努力考上一个好高中；高中时，我的目标是一定要考个好大学。等我考上了大学的那一刻，内心充溢着喜悦，憧憬着未来，而喜悦过后更多的是茫然、不知所措，我似乎是被推着走的。面对未来的不确定，理想被现实一次次否定的时候，我心里的“猛虎”在不断鼓励着我；当我因学业焦头烂额的时候，我心里的“蔷薇”在安慰着我。我不断对自己说：“别急，路总是会有的。”与其每天惶惶不安，不如留意身边的秋毫之末。等到有一天，回头望去，或许我走过的这条路旁也开满了蔷薇。

生活酸甜苦辣，多姿多彩，我们能做的就是当机会摆在面前的时候，牢牢抓住，去施展自己的抱负；在迷惘的时候，静下心来，细嗅蔷薇的馨香。

冬也薄情亦深情

广播电视编导1501　严旭飞

冬日的陌上，有些清寒。风从远山吹过，让大地在眼中一览无余。草木已没有了过多的装点，那一层洁白，还原了生命的本色。

有人说冬过于简单了，简单得有些苍白。其实生命的底色又何尝不简单？如若所有的繁杂都能够删繁就简，是不是心就不会负累？如若所有的结局都能回到最初，是不是就没有那么多的遗憾？

冬季是一个往回收的季节，一切都还原了本色。山瘦了，不再葱茏，变得深沉而内敛，有了应有的伟岸和高大；水也往回收了，不再波涛汹涌地奔跑，而是躲在冰下，叮叮咚咚的，变成了细水长流，如琐碎的日子，平淡而润泽；树木花草也往回收了，它们不再一味地生长，还原了生命本来的姿态，更注重内心的沉淀，期待着明年的再次生发；人的心也往回收了，摒去了旧日的繁华喧嚣，开始喜欢安静了，安静的人才能和灵魂做伴，更好的沉淀自己、充盈自己。

我是喜欢冬天的。冬是安静的，删繁就简，却是素静皆美。

冬天里，可以放慢脚步，做自己喜欢做的事。或是煮一锅清淡的粥，和爱的人一起分享。

冬是纯粹的。没有了做作，如一个冰清玉洁的少女，仿佛每一棵树都可以与之交心，每一处风景，都可以写入其灵魂。因为是薄凉的季节，更能珍惜阳光的温暖，是的，谁能拒绝温暖呢？

我向往的冬天是素简的，一半泊于眼底，一半安放在生活中。守着一抹寻常，浅唱一城烟火，每一朵雪花都藏着我安静的模样。如果说，秋天适合想念，那么冬天就是陪伴，于情深中自持，于优雅中安度，脚步细碎，轻轻踩着暖暖的时光，在你的心上划一道幸福。生活是积累和沉淀，若等待是一场禅意的修行，我愿意在细碎的光阴里，一路捡拾。在最冷的日子里，把字写到暖，只想给你最妥帖的意念，安然前行。

冬日里，约三两好友，不必多言，只需一杯热茶，听时光簌簌，万物寂静，懂得与之相惜，已遇知音。冬的深远与清决，天地明了。静静地坐着听冬，欣喜于小日常，与时光对酌，只看一步一景，薄凉处，最是多情。人心本如秋月白，生命本真如初雪，世事本无可争，淡然处之。

冬，是爱的原乡，无论季节有多清寒，也会有眉间的暖，内心的光。让你无论何时，都是一个温暖的归客。

都说雪花是开在心间的花，她温柔，纯洁，兀自芬芳。如若你想要幸福，便要像雪花一样，和这世界温柔相待。你温柔了，幸福便会到来；简单了，心底就会开出芬芳的花。雪花，是薄凉的，却也是深情的。如若可以，我不想做追赶季节的勇者，只想做一个看花的人，剪一段时光的锦，在匆匆岁月里，盈握住身边的幸福。

总有一份情，在回眸之间，顷刻就是重逢；总有一种语言，不语，便是懂得。就像梅与雪的遇见，不论曾相隔多久，如若相逢，便是久别重逢。

生命中的有些美好，无论走多远，纵然彼岸殊途，依然会辗转心间，在花开花落间氤氲绵长。时光那么浅，岁月那么长，无论季节如何转变，要有一颗温暖的心，无论世界是否薄凉，要回报以真情。最深情的，不在言语间，而在心中。行走于尘世，将手心里的暖，珍藏在心中的山水里，将那些心心念念，写成年月里最温柔的寻常。

随着年龄的增长，我开始迷恋那些干干净净的存在。我渴望着风能吹走所有的寂寞和疲倦，让寻常日子里累积的阴霾，风烟俱散；也渴望着一场雪，能覆盖所有的灰尘，让被欲望蒙蔽的心，变得善良而温暖；我渴望着用善意和阅历累起的城池，每一个路过的人，都能用真诚来敲门。

我知道，生活不是诗，是平凡的欢笑和眼泪，是认真做好每一天分内之事，不妄想得不到的，放弃无能为力的事。我知道总有些地方不能抵达，踏实地走好每一步，努力地适应身边的环境，懂得孤单和不如意本就是如影随形，不抱怨，不埋怨。心安，便是生活最好的状态。

岁月深远，如若你是花一样美好的人，便会遇到芬芳；如若你是雪一样纯净的人，也定会有一颗纯洁素美的心。人生的风景，其实是内心的风景，到最后都会回归于简单。于简单处看人间冷暖，水瘦山寒的日子里，更要学会珍惜和懂得，愿在寒凉的日子里，也能有温暖的人与你同行。

小别离

广播电视编导 1501　杜琴琴

最近看了汪俊导演的《小别离》，觉得很有意思，同时又有了一些认识。比如，何为“小别离”呢？黄磊是这样解释的：人的一生，从生到死，就是一次跟世界的别离，可是为了让你在死之前，没那么害怕，它前面还有几次小别离：人到中年，自己儿女长大了，你得要跟他们别离；随着年龄的增长，自己父母老了，你得跟他们别离；到你自己老了，身体也没以前好了，你跟你以前的青春也要别离……总之，是跟你以前熟悉的、习惯的、适应的、喜欢的生活的任何一次别离，就叫小别离。

我是在父母身边长大的，从小没有离开过他们。我经历的第一次离别是在初一。当时，老家有亲人结婚，父母必须回家，只能留下我和弟弟在西安。父母回家之前已为我们准备好了一切，充足的食物和干净的衣服。那时候还不懂事，不懂得分别时的感受，只有一种好像要脱离家长的管教、即将迎来自由的喜悦之情。欢喜地送完父母后，我还在床上滚了几圈。然后和弟弟打开电视、电脑，开始愉快地玩耍。我们做着父母在家时不能做的事。一切看似都很好。在几个小时后，我们突然感觉到家里很空，心里也好空。弟弟在一旁弱弱地说，“姐姐，我想妈妈了。”我感觉自己眼泪都快出来了，但是我不能哭，更不能在弟弟面前哭。我只能安慰弟弟。一天，两天，三天，我和弟弟终于盼到父母回家来的日子。他们回来的那天，我坐在家里的沙发上等啊等，直等到睡着。母亲回来后，问我为什么睡在沙发上，我不好意思说是要等他们回来，就说是看电视看着看着就睡着了。后来母亲告诉我，她下楼的时候都快哭了，结果我都没有送她下楼。这是我的第一次小别离。与父母的小别离。

初二的时候，我送走了我最好的朋友。我与她的相识是在四年级。那时我们一起上学，一起回家，甚至一起去上厕所，一起做一些那个年纪的女孩都会做的事。我一直以为，我们会一起上高中，直到大学。谁曾想，我们的分别却突如其来。因为家里的一些事，举家都要迁回老家，她只能转学。我当时心中非常难过，她是我最好的朋友。在她离开的时候，我没有更多的感情流露，只是拥抱了她，告诉她我会想她的。她就这样离开了。看着她离开的背影，我觉得自己好像要失去了她一样。随着时间和距离的拉长，我们的感情越来越淡。这是我经历的第二次别离，和朋友之间的别离。

第三次别离，大概是我最伤心的别离。因为那是一场真真正正的别离。在我 18 岁生日的前一个月，我失去了我的舅舅，他是因病去世的。悲伤笼罩了整个大家庭。我们一点点接受这个现实。记得父亲从老家打来电话的那一刻，我似乎有了一种不好的预感。我对即将发生的事情有着发自内心的不愿和恐惧。事实上也是如此。当得知舅舅在凌晨四点去世的消息时，我对着手机很久都说不出话来。挂断电话我号啕大哭。我即刻请假回老家，去送舅舅最后一程。虽然从小见舅舅的次数并不多，但在我心中，舅舅也是我最亲的人。这次别离，却终是阴阳永隔。

回到学校，有同学问起我的 18 岁生日是如何过的，我告诉她们，我经历了一场心灵上的洗涤。她们疑惑不解，我并没有再说下去。我更深刻地了解了别离的意义，它可不就是一次心灵上的洗涤么？这是我的第三次别离，也是永久的别离。

人的一生要经历许多的离别，最终和这个世界离别。每一次离别，给予我们的是伤心，是不愿意却又无法阻止的无奈。当然，还有了解，和不得已的接受。除了第三次，我最难忘的小别离要数高考结束后，与相伴三年的老师和朋友的分别。还记得分别时大家开始互相留下电话和想要说的话。并不是真的再不相见，我们可以电话、视频，可以在寒暑假相见。这样的别离或许是最好的吧，有必须分开的理由，也有相见的理由。

现在，我正处于人生最美好的阶段。我不知道我什么时候会和这个世界别离，也许我可以活许久，也许并不是很久。无论如何，我都相信，人生处处有别离，唯有爱永远不分离。

我的日记本

广播电视编导1501　王秉琦

最近室友在网上买了手账本，我并不是很清楚它具体是干什么用的，或许是写写日记之类的吧。室友对新的手账本很喜欢，爱不释手。看着她在那兴致勃勃地拼接那些小零件，不由想到自己。

2006年10月22日，是我拥有自己的日记本的第一天。之所以记得这么清楚，是因为我在本子里小小的合格证上标有记录。我的日记本是用偷偷攒下的12块的零花钱买的。对于一个三年级的小学生来说，这可是一笔巨款。那个时候很流行密码本。也许是渴望拥有一个那样的本子来向小伙伴炫耀，也许是突然开始想要记录自己的生活，总之，所有的渴望促成了这件事。仍记得因为害怕被家里人发现而挨骂，进家门之前，我把本子藏到了外套里，用裤子的松紧固定住，外套的拉链一拉，完美！溜进卧室，关上了门，迫不及待地从怀里掏出本子，拆袋子、撕密码、开本子，心激动得“砰砰”乱跳。

现在想想，自己当时跟个小变态一样，把本子拿在手里，从里摸到外，还凑近鼻子去闻闻它的味道，最后还亲了亲。为了纪念这一天，我特意在笔袋里挑了根最贵的笔写下了日期。老实说，我现在有些惊讶自己的记忆力，竟然把这些细节记得这么清楚，可能是小时候做得最违背家长意愿的事情就是它了吧，才会在单调的童年记忆里显得格外出挑。

买回本子的第一个晚上，我写下了第一篇日记。自然，内容就是自己“斥巨资”买本子的事。同时，还有第二天想和小伙伴炫耀之事。最重要的是，在日记本里严肃地和自己讨论了把本子该藏在哪里的问题。最后得出结论：随身携带——装在书包里。挺厚的一密码本，真亏得自己不怕辛苦。或许这就是我小时候能吃苦耐劳的表现吧？

从小到大，我一直坚持下来的事情没有几样。日记算是其中之一吧。也许就是那个时候自己爱上了文字，喜欢从文字里找寻新的事物，新的思想，新的一切。一开始我也并不清楚写日记对我来说意味着什么，只是很单纯的做记录，就像和自己在谈话，讲讲自己每天发生的事。

上了初中，学习压力骤然加大，日记慢慢变成了周记，又从周记变成了月记。现在翻翻，真是不忍回忆。初中是我最不愿想起的一段时间。学校的高要求，老师的铁尺和辱骂，家长的鞭打……就是在那个时候，我放弃了学习。每天闻到的空气都让自己觉得恶心，急切地想要逃离，寻求自由。每天最开心的时光就是放学后坐在公车上，天马行空地想象，大口地呼吸，看着车窗外车来车往。每天都有想说给自己听的事情，却无暇顾及，因为作业让我疲惫不堪。当一个人没有了属于自己的时间，那他就是个幽魂，每天漂浮于人世，游离于时空之外。那个时候自己的身体也越来越差，一天三顿中药。从此以后我不爱吃香蕉、白巧克力和白糖，因为每次喝完中药都要吃甜的来压制嘴里的酸苦，吃得多了，直到今日再看见它们，还感觉到它们都是一股中药味儿。那个时候的日记寥寥无几，时间被各种补课班填满，没有人过问我的感受。也是在那个时候，我开始讨厌语文——这个我曾经最喜爱的课程。我以为语文是需要感知和体会的，如同生活。没想到，居然还有一系列公式和答题方法，那个时候感觉自己的“三观”被颠覆了，感觉自己喜欢的文字变了味道。当一个人一直追求的事物一夜之间变了模样，谁都要崩溃。没错，我没办法接受现实，只能逃避。初中的日记无疑是灰暗的，日记本也成了我发泄的一个地方，只有从那里我才能感受到自己的存在，只有写日记才能让我真正地放松，重新找回勇气继续面对失真的世界。

初中毕业对我来说是一种解放了。从初中的第一天开始我就期盼着这一天。当一个人期盼某一天，盼望得太久，这一天突然来临时，就会有种莫名的悲伤。没错，我有点悲伤，自己浪费了三年的宝贵时间用于应付老师和家长。我已经感觉不到自己的存在了。中考结束后，我突然醒悟了，就算再不愿意也要向考试制度低头，只有顺应老师的这些训练，才能考上自己想去的大学，只有变得更加优秀，才能把握自我生存的最大主动。

高中是我目前为止最充实的阶段。重新面对自己最讨厌的事物，是需要勇气的。我不再被动，而是开始主动往老师办公室跑，跟在老师屁股后面问问题，因为我知道了自己想要的是什么。高中我还是没有换日记本，因为初中写的太少，而本子太厚。拿出高中的日记内容，现在看来如同打了鸡血一般，各种激励的话语，安慰自己的文字，好一个充满激情的少年……高中的我不愿向知识低头，因为我清楚，想要未来有好的生活首先就要啃下这些“硬骨头”。我承认我不聪明，数学和英语一直是我的死穴。但我一直没有向它们低头，我害怕我的一个低头让我和自己想要的生活擦肩而过。或许那时候的自己是个濒临绝境的人，只要有一根稻草，不管怎样，我都要把它抓在手里。每次想要放弃的时候，看看自己的手心，仿佛从里面看到自己的未来，我就会继续拿起笔。“未来是掌握在自己手里的”。那个时候的我就靠这句话支撑下来。所有的困难，都不足以让我退步，我想要光明。从此，天没亮就出门，天黑了才进门，虽然辛苦，却让我觉得这一切都很值得。渐渐地，我竟然开始享受每天忙到脚不沾地的日子，每天从学校回到家，我都会感觉自己是充实的，每一个细胞都被知识充斥着。我再也没有坐在公车上看窗外的车来车往。因为我在低头背书，忙到没有时间去想那么多。日记本，我也没有了太多的时间去光顾它。只有快要坚持不下去的时候，才会翻开看看，看看刚开始自己给自己定的目标和理想。人是健忘的，时间会带走你最初的梦想，我们必须要不断提醒自己，鞭策自己。

高考后的三个月暑假，是我最不适应的。没有补课班，没有考试，没有上学，每天都不知道自己该做些什么。每天在家里从床上挪到沙发，再从沙发挪到床上。高考前有想过自己这个假期该做什么，可是没有了紧迫感和压力，好多事都不了了之。人最难受的，就是从高度紧张突然变得空闲，一切都是那么的无无所适从。没事可做，又拿出日记本翻看，看着看着自己就哭了。突如其来的一切，连我自己都惊诧，这是怎么了。心里很难受，情感复杂得不知道该如何形容。我读过许多别人的故事，也听过太多别人的事情，直到那天。我亲眼看到了这多年来自己的故事。从小学到高中，太多的细节我都忘了。可是，在日记本里，我看到了自己过去的一点一滴。往往打动人心的不是什么惊天动地的大事，而是生活中的小事和细节。文字的力量总是不可忽视的，从我开始写日记到后来被它感动，我很开心。当我以为文字的力量要在这个网络信息时代消失的时候，竟然柳暗花明了。我从文字中重新找到了自己的生活，找到了自己的存在。

大学开学的时候，我换了一本崭新的日记本。因为这是一个新的开始。大学的日记是丰富的，感觉自己好像回到了小学时代，每天都有好多有趣的事情发生，和朋友的，和老同学的。社团和学生会的各种事情交织在一起，没事时令人闲到发慌，有事时都拥挤在一块，虽然忙碌但是充实。看到了更多的风景，认识了更多的人，写下了更多的日记。

人生是分阶段的，谁都有绝望和低谷，奋斗和成功。更多的是要学会享受各种状态。日记陪我走过了太多，每页的字里行间我都能看到一个真实的自己。文字让我学会了记录自己的生活点滴、调整生活状态、激励自己变得更好。但更多的是对人生做的记录，好久以后可以从日记里看到多年前的自己，回忆人生，回忆青春。

看一个人的日记，才能真正了解其一生都经历了什么，是一个怎样的人。日记往往是一个人内心最真实的感想，心灵的感想会影响人的一生。一个人能够将自己的生活全用文字记录下来，那他一定也是个热爱生活的人。因为他愿意享受自己人生每一个阶段，坦然接受，勇敢面对，不畏险阻。

玻璃柜里的炕头狮

环境设计 1502　延凯

记忆里的那年冬天，天空中没有一丝多余的颜色，万里飘雪，到处白茫茫一片。站在小学的门口等待着我的姐姐，离家很远的路似乎变得更加遥远。顶着寒风在雪地里挪动着不到一米高的身躯，当然是姐姐牵着我的手。走在半道上，我只记得爷爷站在雪地里。

没错，爷爷的年纪并不是很高，但在前不久检查出有脑血栓，加之身材比较肥胖，行动更不方便。我压根不相信站在我面前的是爷爷，但事实就是如此。那年冬天我的父亲没有在家。过了不久他回来了，爷爷的身体却一天不如一天。过了那年冬天，到第二年的开春时节，爷爷离开了我们。似乎春天还有很久才要到来，整个家庭充斥着冬天的那份冰冷。

我的记忆里并没有太多关于爷爷的回忆，大多数还是我父亲讲给我听的。每次假期我回到家里的第一刻，总会看到玻璃柜里的那尊炕头狮。在我的记忆里，那尊炕头狮便一直陪伴着我长大，也不知道是几岁开始，我就是听着如同故事一样的家族史。但世代为农的家族，连一本家谱都没有。

随着时间的流逝，记忆里的那些感动就像陈年的老酒，时不时地涌上我的心头，令我沉醉。而那尊不到三十公分的炕头狮依然和往日一样，只是时间赋予了它更多的故事。还记得陕北民歌里赶牲灵的那个人，还记得西北风从坡上刮过的情形。在六十年代，牵着骡子走西口，辗转于晋陕的黄土地上的那个人，便是我的爷爷。我不知道我的爷爷会不会喊上一嗓子，唱上一曲信天游。我的记忆里爷爷并没有为我高歌一曲，或许爷爷是很腼腆的，不愿意那样吧。我想，在赶牲灵的路上，歌声作为一种寄托和娱乐的方式，爷爷肯定也是会的。

我的父辈姐妹众多，我的父亲是第五个孩子，前四个都是女儿家，也就是我的姑姑们。在那个年代似乎这几个姐妹似乎并不算太多，但要挤在一个窑洞里过活还是很艰辛的。没过多久，父亲又有了个弟弟。父亲作为长子，似乎更加受宠爱。窘迫的条件之下，爷爷下定决心想要再打几孔石窑洞，却没有箍窑材料。就这样，爷爷走在走西口的路上，拼尽多年才换来一石一木。七十年代的社会有些不太安静。在极为困顿的日子里，一家老小省吃俭用攒下这一笔巨款，才得以住上石窑洞。随着我的父辈们长大成人，他们也要娶媳妇成家分家了，不知道爷爷拼了多久才分三批打成了六孔石窑洞。那时候的日子和生活如此风光，已经满足了爷爷给儿子们娶媳妇的条件了。

也不知道从啥时候起我喜欢上了这个故事。爷爷用尽毕生心血打造一线六孔石窑洞给了我承载一个个故事的书架，而用来筑造窑洞的每一块石头都承载着一个故事，写满了关于他们的一生。

直至将来装满我的一生。

似乎有一块最神奇的石头改变了它原本的模样，它的故事超越着一切，或许仅有它是留下来可以移动的老物件，也是我最爱的故事，我没有问清楚它出现在什么时候，或许它和我的父亲是同岁，父亲的出生对于家里来说也是大喜的事情。那时候，爷爷四处挣钱，专程跑到百里之外去找一个做石匠的远方亲戚，托他锻造一个独一无二的炕头狮子，以保父亲健康成长。

每每回到家里，我拿出小狮子来看，似乎是和父亲聊天一样。那只狮子没有凶猛之势，给人更多的感受是文静可爱。而狮身上最大的四个字——“长命百岁”，也是爷爷对爸爸的一种爱和寄托。狮子身体和基座表面上图画，似乎是陕北人所特有的图腾。狮子的工艺并不是很精湛，但是每一笔刻痕似乎充斥着如血般的浓情。细心的奶奶还给狮子的脖子拴上一根红绳子。这尊炕头狮每天以同一种开心的姿态陪伴着父亲童年的日子。

这种爱也许并没有走远。爷爷和普通的人一样望子成龙，可惜父亲并没有很大的成就，至今还奔波于田间地头。爷爷离世的时候，我第一次见我的父亲撕心裂肺地哭，那时候我并不是很懂这种爱，傻傻地站在一旁，但父亲的声音在我的耳畔久久不去。而今的我成人了，也懂事了，却一无所成。而那种望子成龙的期盼似乎又被再一次地传承下来。

我出生以后，那份爱似乎也被传承了下来，用来保佑父亲的炕头狮便成为我的专属。我刚出生的时候，爷爷便催促着爸爸从玻璃柜里取出那只一直保存完好的炕头狮，放在我的枕头边，护佑着我，陪伴着我。它的模样丝毫没有改变，除过渐渐加深的历史厚重感，唯一改变的便是狮子脖子里的红绳子了。它褪色了，尽管那根红绳母亲每年都要换上一次。当然这一切不在我记忆之中的事情都来自我的父母，因为我是个爱听故事的孩子。

所以，这尊炕头狮算是联结我们三代人的纽带吧。这种爱被传承着，这份关系也许就是因为不起眼的小狮子才让我时刻铭记着。今天它依然安静地待在玻璃柜里，每次回家去拿出来瞧一瞧也成了我的一种习惯。也许我的父亲会走，我的孩子会来。但终究有这么一个不起眼的狮子会联系我们。

我希望父亲迟一点离开我，至少让我圆他一个望子成龙的梦。那尊狮子因为下一代的出现而被不断地传承下去，把这份爱和寄托一并传承下去，不要让我的后代忘记走西口、赶牲灵的那些故事。

让那尊玻璃柜里的狮子带着故事，讲给世代的子孙听，哪怕最后只剩下那尊炕头狮。

秋

汉语言文学1602　陈莉

秋天到了。

西安的秋在我眼中并不是那么肆意鲜烈，倒像是从雨巷中走出的那个丁香般哀婉惆怅的女子，总带着一股烟雨天的朦胧与诗意。偶然从学校的中心大道抬头看，斑驳的法国梧桐筛漏了浅薄的日光，在一地落叶上投照出细碎的光点与斑影。整齐划一的树站在秋天里，站在街道上，也站在公园中，在总也挥散不开的雾霾里，远远近近，渲染出金色的模糊的云霭。迁徙的群鸟飞过灰蒙蒙的高空，飞过沧桑的千年古都，消失在高楼大厦后的远天里。秋在这里只留下了清淡的足迹。

去兴庆宫游玩，看到瘦弱的秋天在这里似乎被厚重的颜料染浓郁了。除了人工栽植的整齐划一的常青绿植，湖边袅袅娜娜的杨柳、一棵棵燃烧的枫树还是颇有韵味的。虽然虫鸣和鸟叫听得并不真切，却能看到大丛的菊花、葳蕤的树丛掩映着若隐若现的青石桥，最难忘的是那几棵百年银杏，熔金般泼洒，云霞般蔚然，有着落日的宏大气势。肃立于前，失却了早前秋的萧索荒凉之感。

我忽然记起了几句诗："秋天到了 / 蝴蝶已经死了的时候 / 你的碧叶要翻成金黄 / 而且又会飞出满园的蝴蝶……"

我想起了我的家乡。那里的秋天是有和城市截然不同的浓烈与鲜活，有着乡村所特有的活泼气息。漫山遍野仿佛被泼了浓重绚丽的颜料，从一片小树叶到整片山林，从深棕色到浓金色，眼前都是秋天浓墨重彩的勾画。碧蓝的天空高远澄澈，秋风扫过渐渐枯竭的大片芦苇荡，扫过长满庄稼的田地，扫过窸窣作响的山野树林，我仿佛听见了带刺的毛栗坠落在地的声音，听到了沉甸甸的野杨桃和山莓在随风摇摆，也听到了山雀时时的啁啾声。生命们在随着秋天缓缓的心跳声一起呼吸。

我仿佛又看到了我家屋檐下堆着成捆的金色黄豆和玉米，核桃和毛栗沾染秋霜躺在背篓里。成串的红辣椒是日子的火种，白云和羊群争着一起飘荡，野菊在田畦边开到荼靡。"租人家一椽破屋来住着，早晨起来，泡一碗浓茶，向院子里一坐，你也能看见很高很高的碧绿的天色，听得到青天下驯鸽的飞声。从槐树叶底，朝东细数着一丝一丝漏下来的日光。"郁达夫在这样悠远又充满着淡雅的意境里提笔而就，心里大概反复咀嚼着秋天的滋味吧。

雾蒙蒙的城市里总有淡淡的遗憾，在这样秋色寡淡的都市里，我的思绪飘了很远……

爱的力量

汉语言文学 1602　惠超超

种子向往光和热，所以倾尽全力冲破黑暗的桎梏；绿叶眷恋树木，所以愿意陪伴其度过春夏秋冬；枝头上的鸟儿热爱自己的家园，从不惧怕人类的强大，即使它们那么弱小。

浓厚的雨云早早地被烈日烘走，知了藏在枝头气恼地谩骂：这鬼天气，像个大火炉。一帮小男孩儿正在草丛中捉蜘蛛，其中一个仿佛看见了什么，细瞅是一个黄黄的小绒团，有一双小眼睛在注视着他，蛋黄色的嘴巴一张一合，却发不出声。那是一只快要出窝的雏鸟，羽毛稀疏，翅膀耷拉，躺在那里一动不动。小男孩弓着身子慢慢向它靠近，扯开茂密的草藤惊得瞪大了眼珠子，这才发现总共有四双小绒团，它们正用惊恐的小眼睛死死地盯着他。好家伙，一窝雏鸟全在这儿了，小伙伴们闻声蜂拥而至，都想把它们捧在手里。鸟妈妈迅速飞来，站在枝头，焦急地哀求，但那渺小的声音早已被孩子们的尖叫声淹没。

突然，一群鸟儿飞来，叽叽喳喳地吹着冲锋号跃下枝头，扑向手托雏鸟的孩子们。它们从孩子们头顶掠过，或者从身边擦过，像闪电，像空中救援队，更像一个个勇士，用呐喊来壮胆，用速度来弥补体型的不足。鸟儿们越来越多，孩子们开始害怕起来。不知是谁喊了一声："快把雏鸟放走——"大家才意识到自己做错了，赶紧把雏鸟放在地上。雏鸟们一个个撒腿钻进草丛，鸟妈妈紧接着飞去汇合。"卫士们"还在空中盘旋，看着"敌人"远去，才纷纷落在枝头，叽叽喳喳地欢呼胜利。

一群小鸟，用爱心和勇气见证着弱者的力量！

SUI BI PIAN

随笔篇

冯导与思聪“对撕”的大片讲了什么?

广播电视学 1201　魏晓璐

从 2016 年 9 月到 11 月，电影《我不是潘金莲》的上映路与电影主人公李雪莲的告状路越走越像，都显得颇为漫长而曲折。圆形画幅、海外获奖、延档风波都已为这部影片做足了伏笔，之后冯导发微博开“撕”王建林，又助力《我不是潘金莲》荣登话题榜首，可谓“千呼万唤始出来”。

冯导因不满万达对《我不是潘金莲》的排片，曾在微博发了一封写给王建林的长信，却激怒了“撕”界的“老司机”王思聪。“国民老公”动用“碰瓷”话题，开启高端黑模式回应，你来我往地撕了两个回合之后，网络舆论全面引爆。

万众喧闹中，有网友为冯导鸣不平，也有影迷认为质量好自然有好的排片，万达也不会和钱过不去，便对冯导的极端做法非常失望，包括王思聪也提到好片子是排片保障。在虚拟世界里吵得那么欢，又有多少人真正看过《我不是潘金莲》?

加入冯王“论战”我不阻拦你，但在这之前我们有必要先弄清楚一个最值得探究的问题：《我不是潘金莲》品相究竟如何?

单看各大网站的评分也许并不出彩，烂番茄的媒体认可度为

85%，观众认可度为 71%；IMDB 上为 6.8 分；豆瓣与时光网分别是 7.0 分和 7.1 分，总体非常普通。但《我不是潘金莲》的确从今年 7 月就开始了各种获奖，在国内外各大电影节上的表现可谓相当的“拉风”，先后获得第 64 届圣塞巴斯蒂安国际电影节最佳影片“金贝壳”奖、第 41 届多伦多国际电影节“特别展映单元”奖，以及第 53 届台湾金马奖多项提名，足以说明影片的实力。

《我不是潘金莲》有两条叙事线：一条是李雪莲，一条是从她牵出的 28 个男人。许多人说李雪莲只是符号和引子，28 个男人的“官场现形记”才是主旨。实际上，李雪莲和 28 个男人都值得说道。

要想看懂一件事和一个人，首先要过过他的日子，住过他的家。冯小刚布了一盘大棋，把人物置于全中国最尖锐的矛盾中，农村人际关系失衡、中国政治与中国官场、人情社会的淡漠与自私等无数次碰撞出的荒诞，让国人在欢笑中引起胆寒的共鸣。

1. “坏乡村”的伦理危机与社群关系

“李雪莲是不是潘金莲这事，又比离婚真假的事大多了！”

“秦玉河这话又是当众说的，第二天就会传遍全县！”

《我不是潘金莲》把故事背景设在江西婺源，僻静闭塞的水乡。一众乡民，居于一隅，街坊邻居，交往甚密，鸡毛蒜皮、家长里短，稍有不慎便弄得全村皆知。终日悠闲的大多数人皆三两成堆，以议论他人为乐。

费孝通在《乡土中国》中提到了“乡土性”，自给自足的生产方式和相对封闭的生活方式形成了具有自身特色的宗法关系与社交原则。他认为，乡土社会进入现代的过程中，生活方式处处流弊，陌生人组成的现代社会无法用乡土社会的习俗应付。

小地方的人，其眼界在一定程度上会受到限制，时代沿革，城乡关系畸变，带给他们的是身份认同危机和伦理道德怀疑，对伦理的恐惧效应远远大于法律的强制性。“人言”和偏执的伦理有时候是可以杀人的。

李雪莲就是中国乡村社群中一个普通农妇，导演在拓展剧情、塑造人物、设计对白时不断地加入这样一种根深蒂固的伦理与社群思维。起初，李雪莲只是希望秦玉河承认离婚的真假，后来当众被说成是“潘金莲”在这样的社群背景下相当于毁了这个女人，旁白道:“李雪莲是不是潘金莲这事，又比离婚真假的事大多了！”这直接导致了李雪莲杀死丈夫、十年告状、最后寻死的极端念头。

2. 女性主义的压制与延展

“你在跟我结婚的时候，你是处女吗！”

“我要是不去告状，他们还真以为把我给看死了呢！”

传统男权信仰与道德偏执是对女性的压制，女主人公李雪莲在电影的前后（以十年前后为界）对女性主义的诠释截然相反。

纵观整部影片，前半部分表现女性权利的流失和男性对女权的压制：官员都是男性，只有受到冤屈，时不时被顽执化、愚昧化的李雪莲是女性。“小白菜”、“窦娥”、“潘金莲”、“白娘子”，四个带有女性弱势与卑微的标签被男权代表之一王公道强加在身。这个时候，无论李雪莲刁民与否，作为女人的尊严已经被侵犯。

杰梅茵·格里尔在《女太监》一书中攻击了女性受制于社会的“永恒的阴柔”刻板印象理念。李雪莲看似始终与强权社会不屈不挠地对抗，却没有看到造成这种局面的根源所在，那就是对另一种强制性压迫的根本认同。

“跟我结婚的时候，你是处女吗？”女性的贞洁是男权统治的执念。“你叫李雪莲，我怎么觉得你是潘金莲呢？”秦玉河的一句话决定了李雪莲屈辱的一生，直到片尾得知秦玉河之死对她最大的打击还是“永远说不清自己是谁”的结点上。用固化的贞洁观过度判定一个女人，不仅男性，大部分女性同样如此。

而该片对女性尤其是男女权利关系的探讨并没有止步于此。影片后半部分，男性权利反转，所有的男人开始害怕李雪莲，为了保住自己的“乌纱帽”谨小慎微，坑蒙拐骗，竭尽万千丑态，倒是弱女子雪莲，口上说着“我要是不去告状，他们还真以为把我给看死了呢”，内心渐渐变得冷静强大柔软起来。

结尾，几年后，暖黄的色调、柔软的阳光，李雪莲开起了一家不小的餐馆，雇佣了一个小伙子当伙计，老练地与食客打交道，俨然一副老板的模样，遇见前任县长史惟闵也能不计前嫌，热情招待，最后道出实情：当初假离婚是为了多要一个孩子。至此，李雪莲这个角色得到升华，一个小农思想根深蒂固的女子，经历世间冷暖，放下了一生最大的屈辱，日子过得还不错，这是她的胜利，同时也象征着女性思潮的崛起。

3. 贯穿始终的荒诞性转移与二元论崩塌

“我就是听了牛的话。”

“郑县长，搜查范围已经从我县扩大到周边三个县了……全都布控了我们的警力。”

十年前，李雪莲因为不占理的“假离婚”自下而上层层上告，她是荒诞的核心；十年后，各级政府因为怕李雪莲告状自上而下苦苦相求。从法院院长王公道到市长马文彬，无不动之以情，好言相劝，到最后发展到全城戒备，围追堵截，这个时候，官场与官员是荒诞的核心。

荒诞性的转移与弥散，瘟疫一般传染了所有人，前前后后的折腾就像一场闹剧，凑巧的是，好像没有人是被迫的，也没有人是不合理的，为什么会这样呢？这些矛盾的核心问题好像是不能被解决的。

刘震云先生曾说过这一点：写作写的不是自己懂的那部分，而是自己不懂的那部分。电影只是一种展现，进一步的思考与探讨需要观众与创作者一起来做。

县长和公安人员为了阻止李雪莲进京告状，两天两夜不睡觉；只要阻止李雪莲进京，庭长贾聪明能升官，赵大头的儿子能解决工作，被妖魔化了的李雪莲到底是大是小？官僚体制看似为“规矩”代言，大到等级分明，律法严苛，小到人代会上服务生整齐划一的倒水动作，如今为了一个李雪莲，搞得全县戒备，动用警力，这到底是规矩还是不规矩？

大与小、真与假、规矩与荒诞、高傲与卑微，所有的极端定义被含混在一起，大亦小，小亦大，真亦假，假亦真，没人对，也没人错。秩序被戏弄，荒诞性不断转移、西方哲学的二元论崩塌让整部电影成为一个“笑话”。

魔幻戏谑的外表裹胁着无奈与绝望，黑色幽默稀释了政治敏感，揭露人性的自私与善恶，就像黑暗中的手，试探着这个社会和民众的底线。刘震云曾认同自己的小说是一部“底线小说”，他说：“一般的话，幽默是不上不下的。探一下这个底线，你会发现：世界上所有的悲剧，是个喜剧；所有的喜剧，你仔细分析一定有悲凉的成分。”

4. 国人的习惯——“绕”

“先打官司，证明这离婚是假的，然后再跟这个畜生结回婚，然后再离婚。”

“李雪莲问题的性质，大家不是不知道，可为什么会一而再再而三地出问题？”

从叙事上看，影片的剧情和对白在某些时候是纠缠不清的，简单的问题是被复杂化，放大了的。影片开头，李雪莲对法官王公道说之前跟前夫秦玉河假离婚，如今又要复婚再离婚。一席对话注定了接下来所有事情的“绕”。

后半部分马市长说“李雪莲问题的性质，大家不是不知道，可为什么会一而再再而三地出问题”，这句话又道出了整件事情背后道理的“绕”。这种“绕”不是故意的，而是来源于生活，一方面是中国人爱“绕”，另一方面是官员与平民的“绕”并不在一个频道上，那就是“绕”上加“绕”，这大概是当今中国信访道路举步维艰的原因之一了。

刘震云将“绕”放大到近乎荒唐，展示于荧幕，当李雪莲将她的状一桩桩摆在县长史惟闵面前时，雪莲是清楚的，县长是混乱的，甚至是厌烦而束手无策的。各级官员纷纷愁眉不展，埋怨与一个“妇道人家”说不清，讲不明。一系列兜兜转转，大动干戈之后李雪莲说“我今年不告了，因为听了牛的话”，简单明了，反而没人信了，最后官员们用秦玉河的死来快刀斩乱麻，精明的统治阶级到头来用了最简单粗暴的方式，总算是松了一口气。这一切让人不禁联想到原著小说中第三章的标题：玩呢！

5. 导演化身说书人

宏大的内容并未压缩制作的风头。《我不是潘金莲》的声画设计可以说下足了功夫，导演的野心可见一斑。要说点睛之笔，那一定是冯小刚担任的旁白。人物生世与境况的介绍、内心戏的表达、姓名符号化的过程、时间转场提示以及最后的解释行为动机，都由旁白来完成。

这种常见的电影全知视角，采用宋代说书曲艺的方式让导演化身说书人，情感抽离的沙哑烟嗓一方面搭配清新淡雅的宋山水园画幅，另一方面直接诠释影片的情感主旨，即“喜剧的忧伤”。

客观陈述，娓娓道来，多了一分“大音希声”的冷峻与克制，看透人间冷暖的口吻倒与主人公李雪莲的一生颇有几分相似，局外人式的讲述更映衬了不被理解的孤独。

6. 多元画幅与画幅间的切换

《我不是潘金莲》一共用了三种画幅，结尾是 1∶1.85，北京部分 1:1，李雪莲家乡部分则用的是后期圆形遮罩，即圆形画幅，构图依旧是完整的，并且增添了更多的视觉感受。

冯导曾经说过拍圆画幅仅仅是因为好玩，那其中浑然天成的文人画气质我们就暂且称之为“巧合”吧。

圆形画幅的视觉质感首当其冲刺激着人们的审美联想，水乡江西婺源的氤氲秀丽与特殊的圆形构图形成了一面面团扇与窗棂，风俗画的意味呼之欲出。李雪莲身披斗笠，双眼迷离，随意定帧就是一幅流芳百世的人物肖像。类似针孔的“窥探”视角，不仅展现着现代社会风俗，还满足着特殊人群的快感。虽然是三画幅的转换，却一点也不出戏，通过美丽而巧妙的方圆转场相连，甚至感觉不到变化。

笔者肯定冯导的《我不是潘金莲》是一部难得的良心好片，拥有先锋性的内容端和技术端，触发了中国电影新的发展空间，这些大胆的尝试与突破能全部建立在一个艺术与商业元素齐头并进的影片本体之上，并且节奏合适，意味深长，着实不易，其实并不需要动用“骂战”来登上话题的风口浪尖。

虽然营销目的已经达到，但笔者还是想说，冯导给王建林的信实在是不聪明，赢了眼球，输了口碑。网络与市场对于一个优秀导演的锐气是宽容的，但这种宽容度一定是有限的。获得关注的方式有很多，无论是出于愤怒还是另有隐情，作为公众人物，以招人厌恶的口吻发声，总是冒险的。当广大观众先入为主地因为讨厌导演而讨厌一部好片子，实在是得不偿失。

但一部电影的生命力缺不了精良走心的制作与智慧大气的导演。观众喜欢，自然会关注，不是吗?

心　路

汉语言文学1302　王天琦

江南·乡情

不知何时开始，我的心中便有一个声音，它说：江南是你前世的故乡。大抵就是这个原因吧，我对于江南的喜爱，已近乎于痴迷。我曾不止一次地幻想过，想象着江南水乡的氤氲。

我最爱江南的微雨时节。初夏，撑着一把青竹为骨、墨梅为面的油纸伞，走在冰凉而光润的青石板上，直通小巷深处，让人不禁想起结着愁怨的丁香般的姑娘，彷徨而悠长。斑驳的烟雨朦胧了雾色，似乎这一切都被笼上了一层神秘的面纱。独立于清寂无人的西子湖畔，听着湖畔边传来的若有若无的箫声，便可放下俗世中的一切，将自己与这古韵悠长的江南小镇融为一体，不分彼此。在这万里风烟和白墙灰瓦中，洗涤那被尘世蒙尘的心灵。放下一切，用心感受，你会看到风满回廊飘坠叶，水流绝澜泛落花的绝美画卷。你会闻见白莲淡淡的清香，你会听到婉转缠绵的动人曲调，亦会感受到千年之前，你曾在这里留下的点点痕迹。

等到黄昏渐远，清活的月华如水般倾泻而下，悄然流入那盈满荷香的小院之中。梨花院落溶溶月，柳絮池塘淡淡风。在院中的石桌上，寻红泥小炉煮一壶淡淡清茶，慢慢斟满一盏，缥缈的茶香霎时浸满整个院落。轻抚一旁静卧的古琴，铮铮的琴声顿时从指间泻出，伴着点点星光，将茫然彷徨的夜色渲染。月华如水，琴声似玉，我将自己交与这江南小镇，去感受前所未有的惬意与满足。你是我前世的故乡，但我对你的痴情轮回依旧。

西藏·诗情

与西藏的结缘是源于一个人——仓央嘉措。当然我还是更愿意称呼他为罗桑，阿旺罗桑嘉措。因为这样，我就会觉得他只是个离我很近的情僧，而不是那个高高在上的六世达赖。

我喜欢他的诗，喜欢从他略带忧思的文字中品尝那些美丽的爱情故事。我曾经梦到过，在香雾萦绕的金殿中，结束了晨诵的他，起身回首，撞入一双明净若水的眸子。那一眼，那一瞬，他仿佛看见了三月繁花盛开的丽景；这一眼，这一瞬，让他就此确定，这个有着明眸笑靥的女子，便是他一生中最深的羁绊。可是他的身份早已注定，他们不能像俗世中的恋人那样，寻觅自己的幸福甜蜜。他是活佛，脱离了尘世；他是活佛，超脱物外；他是活佛，理应忘却这爱恨嗔痴。但是，这怎会束缚了他，“住在布达拉宫，我是雪域最大的王。流浪在拉萨街头，我是世间最美的情郎”，这便是他，一个不损梵行的情痴。

他曾执着她的手，眼中是化不开的柔情与难言的疼痛。他轻声问：“世间安得双全法，不负如来不负卿。”她苦涩地笑了，摇了摇头，将自己埋入那个宽厚的怀抱，泪水悄悄浸湿了他的长袍。他们最终还是没有长相厮守。于是，他轻叹：“但曾相见便相知，相见何如不见时。安得与君相决绝，免教生死作相思。”这段情，曾经灿烂过，可还是凋零了。这场梦，曾经沉淀过，可还是破碎了。当我从那彻骨的悲凉中彻底清醒时，枕边已被浅浅的泪痕打湿，一如那年苏洛马宝旁，她的泪沾湿他的袍。

大漠·迷情

初夏的阳光是极暖的，一缕缕光线透过房间的窗幔，在地板上形成一片斑驳的光影。我就这样坐在温热的地板上，捧起三毛的书，走进了她一生挚爱的那片大漠。

烈日炎炎，放眼望去只有漫无边际的黄。可是在有情人的眼里，漫天黄沙只不过是沙土在天地间翩然起舞，狂风呼啸也只是人世间最优秀的交响乐团演奏的篇章。因为他们彼此拥有，任何困难都携手共度，所以他们无所畏惧。在这样的时光里，三毛为丈夫荷西洗手做羹汤，日日在家中翘首等待着他回家共进晚餐。也许，在经历了一次漫长的、甚至让她有些委屈的等待过后，她终于为他挂好外衣与帽子，微微撅起嘴，又似抱怨，又似撒娇：“每想你一次，天上飘落一粒沙，从此形成了撒哈拉！”而他则是无奈地宠溺一笑，伸手揉乱她的长发，拥着她共进晚餐。

三毛与荷西这对有情人，他们用了六年的时光来错过，用了七年的时间来相守，更用了一生去铭记。荷西在三毛的生命中镌刻下了独属于他的记忆，这个能包容她的任性，愿意用尽一生陪她去世界上任何一个角落、看尽世事风景的男子，在不知不觉中，早已成为她生命中最绚丽的风景。撒哈拉沙漠不仅成就了三毛，更成就了这段情。

只是，美丽的事物似乎注定不能长久。这段感情终归坠毁于七年后的一次意外。荷西的猝然离去，给三毛带来了致命打击。她也曾一度想过随他而去，可已经年迈的父母拖住了她前行的脚步，于是她抱着他说："你不要害怕，一直往前走，你会看到黑暗的隧道，走过去就是白光，那是神灵来接你了。我现在有父母在，不能跟你走，你先去等我。"说完，她发现他的眼角流出了血泪。

这段痛彻心扉的大漠绮恋，在经历了岁月的沉淀后，终化为一句话：世上的欢乐幸福，总结起来只有几种。而千行的眼泪，却有千种不同的疼痛，那解不开的泪结，只有交给时间去解。

尾记

人生就是一场旅行，我们便在路上，从出生到死亡，带着喜怒哀乐去经历悲欢离合。那么，便行一程，梦一场，爱一回，或许会在匆匆前行中错过瑰丽的风景，但我还是希望，当铅华尽洗，仍会有一个人守候在我身边，陪我去任何我想去的地方，坐看天际云卷云舒，笑望山外暮日烟霞。

雅　韵

汉语言文学 1302　李欢

翻阅唐诗，看到一句优雅的诗句“散发乘夕凉，开轩卧闲敞”，不禁莞尔，我倚窗读诗，颇有种如临其境的感受。

试想一番，夕阳时分，青石山下，池塘水边，一座水亭独立在那里，荷花精神矍铄，神采奕然，铺满了整个水域。远处的竹林苍翠欲滴，近岸的浅水滩里，几只游鱼绕着乱石嬉戏，撞击岸边的水花，泛着白光，波光粼粼，声音悦耳。凉亭之内，一把发黄的竹躺椅，斑驳的条纹诉说着沧桑。主人沐浴之后，散发不束，轻摇一把蒲扇，躺在窗口下的竹椅上，敞衣开怀，粗犷的外表，掩饰着自信的高雅的内心。窗户洞开，雪白的窗纸在呼扇着空气，忽而一阵凉风划过，阵阵荷花的清香，调皮地蹦进来，占满了整个陋室。主人陶醉于湖光山色，良辰美景，抬头一望，窗外已天色黯然，点点繁星金光闪烁。夏日的夜，舒爽清新。

诗人的优雅，就像茶后的一番遐想，悠游洒脱，清淡自然。等闻到荷花的香气，诗人才发现，稍不觉察，时间已转瞬逝去。如同在梦中度过一样，巧遇了精致的幻想，是难得一见的标准与完美。主人一种闲情，一种适意，身心两方面都得到了快感。

这也应和了陶渊明的“五六月中北窗而卧，遇凉风暂至，自谓是羲皇上人”，片言之中都含着说不尽的偶然和期待。仿佛是风雪漫天，忽然烈日当空，突兀的惊喜冲击了理智的思考，只顾感受自己的愉悦，忘记了自己的困厄处境。夏日的燥热与张狂，直接影响了诗人的思想境地，而突然的一阵凉风，则让人重新塑造着一种境界。

激流的旋涡，一方广袤，一方狭隘。于是，同样的夏日纳凉，有的人就显得不那么和谐，而是抒尽了惆怅与悲苦。“日夕凉风至，闻蝉但益悲”，从字面理解，就能看出孟浩然的悲怆的情境和窘迫的生活。此时的凉风，幻化成了反面的形象，不能解暑去热，反而更是雪上加霜，诗人处在逆境之中，连一股凉风都敢侵袭上身。躁动不安的鸣蝉，反而让心绪不顺的诗人徒增凄切之感，生活困顿，积闷于胸中，凉风与蝉鸣的一阴一阳，在诗人内心撞出了感喟命运的逆流。

说也难怪，诗人经济拮据，苦于粥米，每于避风遮雨之所，寝食难安，更没有心境去寻觅生活的情趣，即使身投三径也会为生活所累。然而，真正的优雅，不是藏匿于富足安逸的生活中，而是在困窘的门庭下，也能坦然面对得失，笑看风云变幻，而自叹于我如浮云。临窗而卧，和衣而眠，有风，则身心舒爽，安泰依然；有雨，就静听变奏，如闻雅乐。

就像梭罗尽享自给自足的生活，深刻领悟了生存的价值，并彻底感悟出生活的意义，由衷地写道，“一个人只有站在安贫乐道的立场上，才能成为一名公正而又有智慧的人生观察者”。雅之为雅，不拘于贫，不囿于时，脱离功利的追求，才能从容不迫地面对风雨，晓畅世事，看尽人生。

一个人的生活

汉语言文学 1302　郑雅坤

午后的阳光洒在我身上，让我变得无比慵懒。我伸了一个懒腰，目光又撇到手边的那本书，斑驳的日光在书的边角印下点点痕迹。那移动着的点点光影，就仿佛流逝的年月，那般炫目，却也那般无奈。终究有一天，你会变成一个人。所以，不要惧怕一个人的生活，也许转眼又是一个晴天。

也许是因为刚刚看完一本治愈系随笔集，整个人都陷入一种无法走出的困顿，这种情绪就像是演员倾注了自己所有的情绪融入角色中，曲终时却陷了进去，久久分不清虚幻与现实。也许就是因为在生活中曾有过与作者相同的经历，才会觉得作者好像在写我自己的某一部分生活。当高度真实的场景又一次出现在自己眼前时，我看到了作者选择的那条路：既然已经是一个人，那就请你一个人安静地好好地生活下去。就这样，我仿佛一瞬间又释然了，一个人，其实也是很好的。

从大一来到离家甚远的地方求学，我就有种深深的孤独感：远离父母，远离朋友，远离曾经熟悉的一切，走在街头，我都觉得自己是一个没有灵魂的人，找不到继续前行的一点点勇气，那是一种几近崩溃的情绪，走到哪都会有股叫作孤独的气息扑面而来。街上行人匆匆，热闹是他们的，我当真是什么也没有。这样的情绪一直持续了将近两个多月，直到那次独自的旅行。

我是一个很宅的姑娘，以前是喜欢待在屋子里看书，可那种窒息般的孤独迅速向我席卷而来。与其如此，倒不如就选择出去走走吧。听说，大自然是治愈心灵最好的药方。春日的下午阳光暖融，让我露出了久违的微笑。看着暖暖的日光，明媚绽放的百花，以及公园里每一个脸上那叫作幸福的笑容，我的心情一下就放松了下来。我漫步在草丛中的幽径上，拿着相机拍着许多美丽的瞬间。我会为了拍到那些幸福的瞬间而不自觉地露出或懊恼或兴奋的表情，现在回想那一刻的我该是多么幸福呀。看着周遭有着许许多多一个一个的旅者，他们都是带着淡淡的微笑与淡淡的探究在不同的美景中往返穿梭。他们也是一个人，可是他们没有我曾经的焦灼，有的只是平静与淡然，一种对生活的淡然。站在天地之间的我，遥遥望着周围这些陌生的一个个人，一瞬间想开了很多：一个人又怎样，一个人也可以欣赏美景，一个人也可以笑看云卷云舒，一个人有一个人极致的美好，一个人幸福给自己看。

从那以后，我的生活就像那段话描述的那样：一个人逛街，一个人吃饭，一个人旅行，一个人做很多事。一个人的日子固然寂寞，但更多的时候是因寂寞而快乐，极致的幸福存在于孤独的深海，再在这样日复一日的生活里，我逐渐与自己达成和解。随着时间的流逝，我也逐渐认识了很多朋友，逐渐熟悉了这座城市，逐渐远离了一个人的生活，我却开始怀念自己曾经一个人的生活。

一个人生活可以安静思考，可以安静地享受生活的美好，可以安静地设想未来，安静地为实现梦想而努力。一个人固然是孤独的，一个人却也是安静的。在这座喧嚣的城市里，你是需要一块安静的地方来栖息你那颗逐渐骚动的心，去享受一个人的生活和属于你自己的幸福。

如果，某一天你变成了一个人的生活，哪怕只有短暂的一天，也请你安静地过好这一天。让阳光，清风，书本，音乐，清茶与你相伴。享受一个人的狂欢，感受一个人的极致静谧。抑或是，背起行囊，融入到大自然的怀抱，感受自然清新的气息。

一个人没有什么不好，只要你愿意敞开心扉，你就可以享受一个人的生活，就像我一样。

成长，无奈的脚步

汉语言文学1302　张倩文

走吧走吧，人总是要学着自己长大；走吧走吧，人生难免经历痛苦挣扎，也曾经伤心流泪，也曾经黯然心碎，也许这是成长的代价。

孩童的天真烂漫已成情怀，父母清秀俊朗的容颜日渐沧桑，我的热忱、我的初心也被时光打磨的黯淡无光。也曾年少轻狂，热血满腔的自己却因成长的脚步变得越来越不争，面对命运的不公也只能默默发呆，束手无策。

人人都会说漂亮的话，也都知道要把握机会为自己争取更多更好的事物。想起这些年自己所期待的美好，正在一点一点被吞噬，原本心里一直责怪着别人，太善变，再也不是当初的模样了。可在无数次的埋怨以后，却也看清了生活的真相。有时候，不是他们变了，而是我们变了，心情变了，心态变了，不敢相信别人的同时也无法相信自己。人还是那个人，只是经历了一些事，变得世故圆滑。

所以每次都只能告诉自己，跟随内心，做好自己便已足够，谁让成长的脚步是无奈的呢。有的时候我也在反问，自己是不是太清高了，毕竟在经济高速发展、生活节奏加快的时代背景下，几乎没有人不看重金钱和权势。毫不夸张地说，钱权已经成为朋友、亲戚、爱人之间交往联络不可忽视的重要因素。怎样挣钱，怎样挣钱买房买车，怎样挣更多的钱……人们乐此不疲。

其实我并不反对功利心，大家追求上进，希望能给自己和家人提供更优越的生活。从某一层面来讲，这正是人类文明的发展与进步。我只是不希望人们物欲熏心，在成长的路途中迷失自我，随波逐流。或许这样的我，这样的我们会被看作“不合群”，会成为别人茶余饭后的消遣，说我固执也好，愚蠢也罢，我只希望能做最真实的自己。

不想看着周围的一切变得那么快，不想看见追求本真的人无助地抹眼泪。我想让成长的脚步慢点儿，以给我足够的时间准备，为朋友为父母，攒下我的能力。不是空有一颗想要济世的心，我所期待的不过是所有的一切都尽量保持美好和善良，包括人心。

温柔从此尽，挽留未曾及。但愿我们在这纷扰繁杂的尘世中能给真心留一席之地，不管世事如何变迁，成长如约而至，也别忘了：过最淳朴的生活，做最真实的自己。别等改变了，才去找寻遗失的美好。

没错，成长是无可奈何的脚步，但是我们可以选择，让自己成长的每一步都不忘初心，迈向心中的春暖花开。

宋词：嵌在格律中的美

秘书学 1401　张丹

无规矩，不成方圆

朱光潜先生在《谈美》中讲道：“在艺术方面，被情感饱和了的意象是嵌在一种格律里面的。”

“记得绿罗裙，处处怜芳草”，宋词的美很大程度上是一种格律之美，一种体制之下的创作。正所谓“无规矩不成方圆”，灵魂在规矩中徜徉，这是一种深受格律束缚却乐此不疲、怡然自得的情感享受。中国古典诗词专家叶嘉莹先生提出“the beauty of Passive Virtue”，即古典诗词所具有的“弱德之美”，是一种被束缚、被压抑的美。

在我看来，具有这种“美”，不仅仅拜词人本身的情感与经历所赐，更重要的是他深受格律限制，情感不得肆意宣泄却又无从节制的一种内心愤懑与惆怅，这便从外在深化了这一个“愁”字。

“无规矩不成方圆”，规矩，最早是用来校正圆形、方形的一种工具，之后渐渐演变成为一种规章制度。荀子于《礼论》中说：“规矩诚设矣，则不可欺以方圆。”《论语》则说：“从心所欲，不逾矩。”从这些古代文学作品中可以看出，我们的古人多么崇尚体制规范，而几千年的经验主义也证明了体制的重要性。因而做任何事情都要遵循一种规则，诗词也是一样，一种受格律束缚的美。

“绿杨烟外小寒轻”，“云破月来花弄影”，很清新的场景，很朦胧的画面。不可否认，优美的诗词总是以格律为先的，宋词自身所散发出来的这种清新、朦胧的质感是在遵循格律基础之上的创新。美国诗人金斯伯格说：“自由只存在于束缚之中，没有堤岸，哪来江河？”这句话形象地说明了自由，一定是规矩之下的自由。宋词，实质上就是格律之下的自由。

豪迈在压抑中宣泄

最喜欢《三国演义》开篇的那首《临江仙》：“白发渔樵江渚上，贯看秋月春风！一壶浊酒喜相逢，古今多少事，都付笑谈中。”一种翻江倒海的气势，一种无可比拟的豪壮，一份聚焦古今的大气。杨慎的这首《临江仙》，完美诠释了词的浩然正气之美。虽说不是宋人作的词，但格律韵致是一样的，这是不是再次证明了格律的规范之美。

“会挽雕弓如满月，西北望，射天狼”，“羽扇纶巾，谈笑间，樯橹灰飞烟灭”。苏子瞻是坦率的人，他的词也是率性而为。仕途不顺，黑暗的官场倾轧压抑了他的理想，但丝毫不会束缚他的志向。苏子瞻将他的一腔热血全部融进词作，让情感得以宣泄。宋词包含了词人的一种情怀。

作家王小波说过，“人的所有痛苦都来源于对自己无能的愤怒”，而这种愤怒镶嵌在同样让人郁闷的格律中。矛盾的各个支流汇聚在一起得不到疏解，便释放了出来。“待从头，收拾旧山河，朝天阙”，“驾长车，踏破贺兰山缺”。岳鹏举的词中有种“豪迈的怒气”，怒发冲冠的气势。人生的不幸，理想的破灭把他的情感推向了极致。他只能做着无声的反抗，以宣泄内心的极度不满。鲁迅先生说“不在沉默中爆发，就在沉默中死亡”，“豪放派”大抵是这样产生的吧。与其说他是“豪放派”，倒不如说是彷徨无奈之后的声嘶力竭的呐喊，气势如虹。后来读毛泽东的词，越发显现出词的这种豪迈的美感，其在《浪淘沙》中写道：“魏武挥鞭，东临碣石有遗篇。萧瑟秋风今又是，换了人间。”宋词的美是格律之下的不可复制，却是尽情宣泄的美。

情感在节奏中律动

现在来说说“the beauty of passive virtue”，即弱德之美。每每读到黛玉葬花那节，就感触万千，尤其是那句“一朝春尽红颜老，花落人亡两不知”。春天走到头了，该走的不该走的，都走了，时过境迁，有谁还能记得你曾经来过。就像看到大四的学长学姐们拍毕业照，突然内心深处涌上来一股心酸，莫名的、说不清楚的“痛”。你可别嘲笑我是情感泛滥了，只是突然的迷茫竟让我不知所措了。叶先生自己说：“所谓弱德，它是有一种持守，它是有一种道德，而这种道德是在被压抑之中的，都不能够表达出来。”明明大家都能感受得到的情感，却被压抑而不能表现，这或许就是宋词的“弱德之美”了。这一点在婉约词中更加突出。

婉约词与豪放词豪气冲天的气势完全相反。如果说，豪放词是充满家国情怀的话，那婉约词则更多的是“小女子”的个人情感的抒发。它是感情世界的外化，更多的关注于个人，以人为中心，与西方文艺复兴时期对“人”的关注一样。这种感情似乎对我们大多数深受儒家文化影响的人来说有些狭隘。儒家文化讲究修身、齐家、治国、平天下，从一开始，便给了“爱国”以崇高的定位。儒家文化灌输给我们“国家”意识，是先有国才后有家，而婉约派词人打破了这种狭隘，发掘更多的是人本身的内心活动。“今宵酒醒何处，杨柳岸，晓风残月”，“残更难捱抵年长，晓月凄凉”，甚至就连豪放词人苏子瞻也写到“墙里秋千墙外道，墙外行人，墙里佳人笑”。细腻的情感表达，其实是对儒家“以国为先”体制的挑战，“不要嘲笑个体情感的表达，它并非狭隘，只能说它更加知性罢了”。这是宋词带给我的一点感触，对人、对事，多一些宽容谅解，或许你今天嘲笑过的人，明天会站在你无法仰望的高度俯视你。宽容，是你难以仰望的高度。

“东风恶，欢情薄，一杯愁绪，几年离索，错错错”。当年沈园的重逢，是上天的眷顾，还是命运的捉弄？命运向他们开了一个大大的玩笑，难以启齿的感情酝酿成了千古绝唱。宋词的美，是一种幽怨的内敛之美。

“千金纵买相如赋，默默此情谁诉！”精神上的痛苦其实是一种奢侈，这是宋词带给我的又一种感悟。不难想象，辛稼轩作这首词时内心是痛苦的，可是在我看来，他又是幸福的。他在痛苦无助时与自己的灵魂对话，斗转星移，当我压抑着自己的痛苦再来拜读他的作品时，谁又会知道，我是对他倾注着多么大的崇拜呢？可是，当我自己痛苦无助却找不到倾诉的对象时，当我想写一首词寄托我的情思时，当我提笔踌躇却无从下笔时，我是真正感觉到了自己的无能。未来，我很迷茫，我为自己追逐于功利而痛苦，只是我却不得不感谢宋词，是它让我在人性的复杂中不至于失掉那份单纯的情怀。

词人们将自己的痛苦、愁思、幽怨、郁闷，淋漓尽致地表现出来，情到深处往往引起读者的共鸣，从而激发出一种“美感”。这种美感来自读者对作者经历的同情，与对自我经历审视之后的一种情感共鸣，这就是“弱德”的美。叶嘉莹先生说，我虽然处于痛苦被动之中，属于弱势群体，但我从来未因此而改变，照这样来看，宋词的美更是一种情感共鸣。

致君尧舜上，再使风俗淳

“穷则独善其身，达则兼济天下”。杜子美的诗被称为史诗，他虽然一生贫困潦倒，仕途不顺，却始终抱着一颗赤子之心，始终把大唐王朝的兴亡，作为自己的责任。唐人如此，宋人当然也不会逊色。

“三十功名尘与土，八千里路云和月”，是宋人的品行操守；

“何日请缨提锐旅，一鞭直渡清河洛”，是宋人的理想信念；

“壮志饥餐胡虏肉，笑谈渴饮匈奴血”，是宋人的豪情壮志。

宋词把宋人对于山河故土的眷恋，对于山河破碎的慨叹，对于国仇家恨的愤怒，推向了巅峰。“胡未灭，鬓先秋，泪空流。此生谁料，心在天山，身老沧州”。一种“居庙堂之高而忧其民，处江湖之远而忧其君”的忧国忧民情怀在宋词中比比皆是。我们说，嵌在格律中的宋词强化了词人胸中的苦闷，一腔沸腾热血，夹杂着统治者的懦弱，汇成了一种报国无门的愤懑。宋人是爱国的，纵然山河破碎，身世浮沉，也要用一种明知不可为而为之的态度力挽狂澜于危难之中，只是这种爱国热忱往往被压抑，被摧残。在宋人的词中，往往窝藏着一把怒火，一触即发。这恰恰是一种欲罢不能的美感的体现，我把它称为“含蓄的宣泄”。

纵然山河破碎，奸佞当权，也要抱着“了却君王天下事”的夙愿。宋词的魅力无愧是一种充满家国情怀的爱国热忱。柔能克刚、刚柔并济的人生哲学被宋词完美诠释了一番，闲暇之际，也可试着品尝一句宋词，温润一下自己的焦灼与落寞。

灵魂与爱的沟通

汉语言文学 1501　辛柯蒙

小岛书店

1999 年迄今爱丽丝岛唯一一家优质文学内容提供者

无人为孤岛；一书一世界。

褪色的招牌，挂在一栋维多利亚风格的紫色小屋的前廊上，店主 A.J. 费克里是一位性格古怪且顽固的中年男性，失去爱人的他越发得像个怪人。独自一人的生活难免不尽如人意。在见过奈特利出版社的销售代表阿米莉娅·洛曼且得知哈维去世的那个晚上，他企图将自己彻彻底底地变成一个酒鬼。“独自生活的难处，在于不管弄出什么样的烂摊子，都不得不自己清理。”就在当晚，他那本具有很高的商业价值的《帖木儿》销声匿迹了。

“生活中每一桩糟糕事，几乎都是时机不当的结果；每件好事，都是时机恰到好处的结果。”突如其来的不一定是意外，也有可能是惊喜。在《帖木儿》丢失的几个星期里，A.J. 总是把门留着不锁，一个走投无路的母亲将自己 2 岁的女儿玛雅留在了

A.J. 的书店。从此，他的生活慢慢发生着改变。可能是由于他做了“爸爸”，所以就多了一份责任。他会给玛雅讲故事，会因为玛雅承受“水痘”的痛苦而痛苦。偶然的机会，同样是在照顾玛雅的时候，他读完了阿米莉娅第一次给他推荐的书——《迟暮花开》。“有时书本也要在适当的时候引起我们的共鸣。”从此，他竟爱上了这个不完美却志趣相投的姑娘。

“因为从心底里害怕自己不值得被爱，我们独来独往，然而就是因为独来独往，才让我们以为自己不值得被爱。有一天，你不知道是什么时候，你会驱车上路。有一天，你不知道是什么时候，你会遇到他。你会被爱，因为你今生第一次真正不再孤单。你会选择不再孤单下去。”他们的婚礼如期举行，玛雅同样喜欢着阿米莉娅，他们生活得融洽且幸福。

在书店长大的玛雅从小就喜欢读书，更有写作的天赋。在她的获奖作品《海滩一日》中，她写自己的母亲是怎样把她放在书店，然后选择了自杀。“那天，海浪滔滔，海水冰凉，她游了出去，游过灯塔，她没有再游回来。”玛雅并没有因为失去生母而感到悲伤，至少与 A.J. 和阿米莉娅在书店生活得很好。

“玛雅知道她的妈妈把她留在小岛书店，但是也许每个小孩在某个岁数都会遇到这种事。有些孩子被留在鞋店，有些被留在玩具店，还有些被留在三明治店。你的整个人生都取决于你被留在什么店里。她可不想生活在三明治店。”她说，她喜欢楼下，因为楼下是书店，而书店是世界上最好的地方。

幸福的生活总是短暂的。在跑步晕倒之后，A.J. 被诊断出患了一种极为罕见的肿瘤疾病，手术后的他大脑已经无法再继续正常运转，更是不能流畅地使用语言。尽管如此，他依旧在阅读，依旧爱着玛雅和阿米莉娅。“我们不是我们所收集的、得到的、所读的东西，只要我们还活着，我们就有爱，我们所爱的事物，我们所爱的人，所有这些，我认为真的会存活下去。”然而他还是离开了，但是直到生命的最后一刻，他都是幸福的。

“一个地方如果没有一家书店，就算不上个地方了。”一家书店，让爱丽丝岛变得美好，让岛上本就悲伤的人也同样美好。他们总觉得自己是孤独的，“大多数人如果能给更多事情一个机会的话，他们的问题都能解决”。同样，他们在孤独中进行自我救赎，“没有人会漫无目的地旅行，那些迷路者是希望迷路”。他们在前行的路上与书为伴，所以不再会迷路。

“我们不全是长篇小说，也不全是短篇故事，最后的最后，我们成为一部人生作品集。”一本书将爱的人互相牵连在一起，一个书店让一群人的灵魂得到拯救。爱与灵魂的沟通，让孤岛不再孤独。

读朱光潜《谈修养》

秘书学 1501　付艺薇

《谈修养》是朱光潜先生几十年前所写，对今天的青年人尤其是我们而言，仍具有现实意义。因这书写的是修养，谈的是道德，讲的是对待生活的态度。虽世情变化极大，这些内容却是几乎不变的。朱老的文字平淡、朴实，却直指人心，讲解道理深入浅出。虽是讲道理却并不让人厌烦，从字里行间能感受到他关心青年、关心祖国未来的博大情怀。

《谈修养》中有篇文章叫《谈立志》。我也有过许多志向，立志要做这个，立志要做那个，结果到头来，很多曾经树立的志向，实现了的好像并不多，反而还在这个过程中生出许多苦恼、烦闷。而朱老说："所谓真正立志，不仅要接受现在的事实，尤其要抓住现在的机会。如果立志要做一件事，尽管这件事的成功是在遥远的未来，那这件事的发动也要在目前的一顷刻。想到应该做什么事情，就马上去做，不然就不必发下一个空头愿。发空头愿成了一个习惯，一个人就会永远在幻想中生活，成就不了任何事业。"的确，人们总是不懂立刻行动的力量，倘若真的将朱先生所讲道理用到自己的生活里，不知会成就多少事。

朱老谈到他所信奉的“三此主义”，即此身、此时、此地。“第一，此身应该做而且能够做的事，就得由此身担当起，不推诿给旁人。第二，此时应该做而且能够做的事，就得在此时做，不拖延到未来。第三，此地（我的地位、我的环境）应该做而且能够做的事，就得在此地做，不推诿到想象中的另地去做。”所以人要有志向，而且立志当合理，要脚踏实地地去践行才可以。立志首先要兼顾事实，不要立理想与事实背驰的志；其次，立志当度德量力，一个人应当学会在自己能力范围内起愿望，想做自己能够做的事；第三，切勿犯“志在将来”的错误，抓住现在，想到应该做，马上就做。看到这些教诲，今后我当更加科学地去读书，并努力践行“三此主义”。

书中的另一篇文章《谈读书》，让我对于如何读书有了更进一步的认识。所谓“好书不厌百回读，熟读深思子自知”，对待一本好书，自然要认真读，读个透彻。不仅要读，而且要多次地读，反复地读。光读，甚至是多次地读，反复地读，还是不够的，还要加入自己的思考判断，形成自己的认识，才不辜负一本好书作者的心意。另外，在读之前，更为重要的是要选择合理的书籍来读。因为书籍浩如烟海，人的一生时间有限，不可能书书尽读，所以要学会选择。

“说浅一点，不能冷静是任情感、逞意气，易受欲望的冲动，处处显得粗心浮气；说深一点，不能冷静是整个性格修养上的欠缺，心境不够豁达，头脑不够清醒，风度不够镇定安详。”这是朱老在《谈冷静》中的话，我认为解剖得实在深刻。我们往往不够冷静，原因就在于性格修养上的欠缺。尤其身为青年人，更易冲动妄为，做事不假思索，逞一时之快，到头来，撞得头破血流，方悔不当初。

读朱光潜的书增强了我对修养的了解和认知，更广泛地说，一切认真深入的阅读都是培养一个人心境、提高一个人修养的好方法。如果你过于浮躁，不够冷静，那便坐下来安心读一读书罢。

读《经典常谈》

秘书学 1501　李琰

近日读了朱自清先生的《经典常谈》。这本书主要讲解一些中国传统文化的基本知识，也可以称得上是“国学入门书”。书的序中说：“我国经典，未经整理，读起来特别难，一般人往往望而生畏，结果是敬而远之。”因此，他写了《经典常谈》，把传统的经典介绍给年轻人。这样，“虽然不能叫一般人直接亲近经典，却能启发他们的兴趣，引他们到经典的大路上去”。可见，该书也为非专业的人群翻阅史籍做了一个很好的指引。经典的价值不在技术性的实用，而在文化。该书也方便了更多的人了解中国固有的传统文化，走入国学。

《经典常谈》所涉及的内容甚广，其中包括一些经典著作，如“四书五经”、“十三经”、《战国策》、《史记》等。这本书的书目编排顺序依次是：《说文解字》、《周易》、《尚书》、《诗经》、《春秋》、“四书”、《战国策》、《史记》《汉书》、诸子、辞赋、诗第、文第等。朱自清先生对以上经典著作进行了讲解，见解精辟，深入浅出，通俗流畅，能让读者更好地理解这本书的宗旨。而序中提到“如果读者能把它当作一只船，航到经典的海里去，编撰者将自己庆幸”，也是朱先生写这本书的目的与意义，可见用心良苦。

通读全篇，会发现朱先生对所选的著作都作了精辟的解释，也提到各篇的讨论，尽量采择近人新说，并无编撰者自己的创见，但也不乏他自己的认识，更体现了他一丝不苟、精益求精的态度。

朱先生对于《春秋三传》中孔子见麟而有所感触修了部《春秋》的故事叙写也甚为有趣，虽不是真的，但带有淡淡感伤，文字读起来也让读者不至于感到艰涩难懂，枯燥乏味。

朱先生对诗的阐释，也让我们脱离了从小接触的那种浪漫虚幻的美。“诗的源头是歌谣。上古时候，没有文字，只有唱的歌谣，没有写的诗。歌谣越唱越多，虽没有书，却存在个人记忆里，歌谣真可说是‘一人的机锋，多人的智慧’了。”如上所述，歌谣是人们用以表达自己高兴或悲哀的情感的工具，可见诗的质朴与纯净。最后两句可谓言辞锋利，直指重点。

一位读过这本书的朋友说，“作为一个读书人，流离必于是，颠沛必于是——是哉书生。当你选择要坚守历史的时候，你就要被迫放弃功名利禄；当你选择要获得真理的时候，你就好比戴上了荆棘皇冠；当你选择了皓首穷经，你就不能平步青云……其实大雨过后，我们才发现并不是我们选择了生活，而是生活选择了我们。”我写不出这样好的词句，却也可以从中体会“文直而事核”的《史记》、“文赡而事详”的《汉书》精彩绝伦的背后，作者不凡的人生历程后的坎坷艰辛。

《经典常谈》不仅仅是单纯意义上的“经典常谈”，更深远地看，其实还包含着“经典导读”这更深一层的含义。书，源于生活，融于生活。这是朱先生向我们介绍中国古代文学、历史、哲学经典的一部读物，是希望中国传统文化能更好地流传。

一切生命会被历史的烟尘与风霜销蚀，突然带来无限悲凉的是时代的空茫与动荡，唯有在时间流动与历史更新中所遗留下来的人物典型与知识典范，不会被历史的尘埃所掩盖，指引我们迈向真理之门。

有种希望坚不可摧

新闻学 1501　段艺桐

读里昂·尤里斯的《出埃及记》，让我的心情沉郁而又激愤，只因它讲述的犹太民族的深重苦难。美国作家里昂·尤里斯作为战地记者亲历了 1956 年的阿以战争，他后来重回以色列，行程五万英里，采访了业界一千二百位人士，终于完成了这部厚重的恢宏的著作。

该书以一位犹太复国主义者——阿里·本·迦南的视角为切入点，以其在二战后帮助纳粹集中营的幸存者移民巴勒斯坦的曲折经历为主线，为我们展现了犹太民族在人类文明发展的进程中遭遇不公平对待的历史真相，以及这个民族如何在罪恶的利益博弈的刺骨之寒和坚定渴望复国的灼人之热中，淬炼出一颗颗坚毅火热的心。在阅读过程中，我可以清晰地感受到胸膛里的心脏为之搏动的频率和热血奔腾的声音。它以晦暗不明的前景考验希望，它以黑暗考验光明，它以毁灭考验新生，它以人性的残酷、贪婪考验悲悯，而悲悯是检验我们每个读者的标准之一。

两千年前，耶路撒冷的神庙被巴比伦和罗马入侵者焚毁。从那时起，犹太人失去了祖国，他们流离失所，四海为家。而德国法西斯的残害，无疑是犹太民族最深重的灾难。波兰沦陷后的第十八个月，阿道夫·希特勒宣布了解决犹太民族的最终方案——种族灭绝。屠杀开始了，饥饿，枪击，活埋，毒气实验到专业杀人营的林立，法西斯狂徒似乎已经完全沦为野兽和杀人机器，他们把死亡人数当作自己卓越的功勋。600 万犹太人，留下仅仅 25 万。灰色的天空中漂浮的不是尘埃，而是眷恋尘世的灵魂。作者以灰暗而纪实的笔法，将历史与几个重点家庭的遭遇沉浮相结合，以笔为刀，切割一幕幕鲜血淋漓的罪恶图景。

俗话说“乱世出英雄”，在这样阴郁黑暗的背景下，也不乏隐隐跳动的希望之火。我们的主角阿里在此时独揽大任，肩负起了复国的重任。这个冷静、睿智、坚毅而又饱含理想的青年，在二战后被英军封锁的港湾中引航了“出埃及号”，踏上了带领犹太族人从欧洲回归巴勒斯坦的漫漫征程。他们能否冲破英军阻碍回归本土，能否逃过二战后大国利益博弈的牺牲者的命运，能否实现建国的热切夙愿？

这本书直击人性，让光明与黑暗交融，生存与死亡抗争，绝望与希望纠缠。它揭露狰狞的现实，不是为了散播纠纷，激化偏见，延续罪恶，丑化人性，而是为了唤醒良知，呼吁人们心怀敬畏，学会忏悔，以及仰望天空时双眼常含泪水。

你好，张一曼

广播电视学1501　许芸翡

一个偶然的机会去看了《驴得水》这部电影，也是偶然认识了这个叫“张一曼”的女人。其实，这是一部很小众的电影，它给我们讲了个“笑话”，可是最后，我却被这个“笑话”看哭了。

“我要你在我身旁，我要你为我梳妆，这夜的风儿吹，吹得心痒痒，我的情郎……”大西北的天格外蓝，西北的绿色在荒凉中也格外显眼，就像扭着长腿细腰，穿着高开叉旗袍，唱着情歌的张一曼，似乎与这风景格格不入，但又感觉它们有着彼此的灵魂。

张一曼从一开始就被贴上“放荡”的标签。而她所谓的“放荡”，不过是人类最初的原始性，是一种本能——对性的需求。张一曼对性的确有着大胆的追求，随口就开的黄腔，说出“我要睡服你”这样的话，让人听了既想笑又有点害羞。而她对性也只是一种简单地追求，这种需求让她看起来又是如此的薄情，面对同事裴魁山的表白，她回答：“你认为，我是那种能跟你过一辈子的人吗？”被她睡服的铜匠为她唱情歌，她只是笑笑转身离开，催促铜匠赶快回家，别人的家庭她不想破坏。也许，她就是这样一个女人，“性”只是她的一种生理需求，没有爱的名义，没有婚姻的保护，所以她每一次与男人发生关系都被人们唾弃为“放荡”。张一曼是放荡，把身体放荡给了男人，把灵魂放荡在了西北自由的大山中，她是一个心有山川湖海，向往自由的人，又怎么会囿于昼夜、厨房与爱。

外表是炙热的火，内心却是白净的雪，单纯，透明，真实。那个宁静的夜晚，伴着音乐灯光，舞动的高跟鞋，旋转的身姿，若隐若现的笑容，这是一个可爱自由的张一曼。在微风拂面的下午，捧起蒜皮，抛向空中，将其当作雪花的女孩，随着雪花转圈，唱着她动听的情歌，这也许才是张一曼真正向往的生活。西北的风那么可爱，应该会把她的笑声带到很远很远的地方。这个活得坦荡，值得喜爱的张一曼，多少活出了我们理想中的模样。

《熔炉》中有一句话说，“我们之所以奋斗，不是为了改变世界，而是为了不让世界改变我们”。也许是害怕被改变，也许是想要活成自己的模样，在那个动荡的二十世纪四十年代，张一曼对美有着与这个小山村格格不入的追求，美丽修身的旗袍，卷曲的头发，发出嗒嗒声的高跟鞋。也许是觉得社会太丑陋，不愿融入这个“大熔炉”，所以，她把自己变得漂亮洒脱。在当时的时代背景下，这注定会变成一出悲剧。当校长剪掉她的头发时，剪断的不只是头发，还有她与这个社会的一条界线。所以，当看到镜子中的自己时，她崩溃了，她与这个丑陋的社会一样了，她失去了自由，一切又回到了最初的模样。这恰恰是她所害怕的，也是自己不能接受的。张一曼以为城里不能接受她，西北的小山村应该会理解她。可是她不知道，是整个社会都接受不了她。她最后的饮弹自尽，也许是她为自己“奋斗”的方式，努力与她所憎恶的社会划清界限。枪声，打破了西北宁静的大山。西北的风那么有情，应该会把这响声带到很远很远的地方，让每一个人都能听到。枪声，是张一曼最后的呐喊，也是她对于自由的呼唤，她用自己的方式离开了那个环境。

鲁迅先生说，悲剧就是把美好的事物打破给人看。从这个意义上说，《驴得水》已经不能归类为喜剧了，而是一出悲剧。因为包裹在荒诞笑料之下的全是血淋淋的绝望和无奈，而张一曼便是这出悲剧最浓墨重彩的一笔。影片最后，一切都归于平静，似乎之前的一切都如一个“笑话”般，随风飘过。这才是悲剧最可怕的地方，因为随着时间的流逝没人会记得这一出悲剧。只有那些散落的彩色球从山坡上滚下来的时候，也许那是张一曼的灵魂。

放映结束，当灯亮起来时，我们都哭了，为张一曼哭，为这个坦荡歌唱的女孩哭，也为这个社会在哭。我们喜欢张一曼，大抵是因为她有着我们想活却又不敢活的模样。

你好，张一曼，有生之年，欣喜相逢。我好像听到她的歌声了。

“我要美丽的衣裳，为你对镜贴花黄，这夜色太紧张，时间太漫长，我的情郎……”

一个爱狗者的演讲词

广播电视学 1501　柯静

据说，在华尔街有这样一句名言：若你需要朋友，就养条狗吧。外面的世界是场近身战。

的确，狗是人类最忠实的朋友。佛斯特曾在《狗的礼赞》一文中这样写道：狗是最忠诚的，不管它的主人是贫穷还是富贵，不管是健康还是病弱，它都会守候在他的身边。在狗的眼中，主人就是它全部的世界。只要能和主人在一起，哪怕地面布满了严霜白雪，它都会毫不犹豫地依偎在主人身旁。主人在饥饿中苦苦挣扎、饱受煎熬的时候，狗还是会陪在他身边，用自己温暖的舌头来舔舐这个冰冷的世界留在它主人身上的伤口。即使主人是一个乞丐，在他眼中依然高贵如王子，即使所有的朋友都离他而去，它对他的爱也矢志不渝。如果它的主人被命运所抛弃，无家可归，它也无怨无悔，陪伴在主人身旁，风雨同舟，除此之外别无所求。就算主人到了生命的尽头，被埋葬在冰冷的土地中，哪怕所有的亲朋好友都已经将主人遗忘，哪怕它的双眼充满悲伤，哪怕它自己也即将死去，它还是忠诚地守卫在主人的墓碑墓地旁，就像一位高贵的战士。

忠犬八公的故事很多人都知道。它讲述了一只小狗等待主人的故事。故事的结尾是如此悲伤，在主人公死后的十年中，八公执着地等待着它的主人，从未停息。我想，在八公生命的终点，如果它会说话，它一定是想告诉他的主人：八公一直在期待与你的相聚！八公不知道主人已死，一直等待主人，它的等待催人泪下。这与尤金·奥尼尔在《一只狗的遗嘱》中描写的伯莱明是如此相似。

在《一只狗的遗嘱》中，奥尼尔写到的那只狗——伯莱明，它一生做过猎狗、宠物狗、明星狗……它曾潦倒、流浪，也曾风光一时。最后，它衰老了，即将死去。作者写道，在临死之前，狗想对它的主人说:“以前我在世的时候,给你们带来了许多欢乐,但一想到我的死会给你们带来悲伤，这让我痛苦不已。”文章还写道，它希望在自己死后，他的主人能够找一个比它还好的狗来代替它，给主人继续带来快乐，让主人一直幸福地生活。

通过这两只狗的行为和濒死的寄语，我们仿佛看到这个沉默的族类，如影随形地追随着人类的脚步，用它们特有的原始而丰富的肢体语言，书写着对人类深刻而又真切的情感。

屠格涅夫在他著名的中篇小说《木木》中，曾写到一个哑奴和小狗不离不弃，生死相依，虽然无言却又情感至深，相互陪伴。他让人们相信，狗不再是人类的附属、宠物或看家护院的工具，它们同样可以是穷人和奴隶的朋友、毫不势利的义士，甚至是上帝的信使。它们忠诚可靠，勇敢可爱，但求付出不求回报。

相比之下，这些可贵的品质在某些人的身上已经越来越稀有了。马克·吐温有一篇名为《狗说的故事》的短篇小说。其中写道，一只狗救了主人孩子一命，可是它的主人却因为“好奇”它的勇敢忠诚，以极具讽刺性的举动，最终导致这只可怜的狗丧失爱子，孤独凄惨地活着。小说的最后，作者以这只狗的口吻写道：“我已经彻底懂了，同时，我的心也彻底死掉了！”哀莫大于心死。从作者的笔下，我们看到“狗性”藏着超凡的人性，而人性中却潜藏着可耻的非人性。

以上关于狗的故事，大多出自一本经过专门编辑的关于狗的故事集：《一只狗的遗嘱》。编辑这样一本有意思的书，想必，编者也是爱狗至深的吧。这本书里，关于狗的有趣的文字还很多。这里不再一一列举了。

“这个世界充满了自私，前一刻还亲密无间的好朋友，下一刻就可能变成笑里藏刀的敌人。就算是自己含辛茹苦养育的子女，也可能会叛逆；还有那些最信任的朋友，也可能会抛弃过往的情谊。在成功时曲意逢迎你的人，一旦你失败，他们可能马上临阵倒戈，第一个向你落井下石。至于金钱和财富，则是这个世界上最不可靠的，在你最需要它们的时候，却不见踪影。所谓的名誉只要自己不谨慎，就有可能满盘皆输，消散成过往云烟。世界上每个人都是自私的，只有狗，是人类最忠诚的朋友。它们最懂友谊，始终不离不弃。”这，可以看作是一个爱狗者的辩论或讲演词了。

《看见》读后

广播电视学 1501　文艺晨

《看见》这本书很早就读过了。当下的理解和感悟并不算什么，若是能在长久之后仍记在心中，我想这样才算真正读过的吧。

就喜欢你这样朴实的、好似聊天一般给我讲道理的人。

我觉得我们在很多地方都很相似，虽然这么说有些大言不惭。

我们都是对新闻学充满憧憬的小女孩儿，有些天真，有些执拗，都有一颗不撞南墙不回头的心。都觉得新闻理想至高无上，我们坚持道义，相信正义。不说什么劫富济贫、替天行道，就只是能拿着话筒为百姓扒开事情的真相、谋取应得的利益，最少也一定是奋勇向前的。

曾经以为只要我有良心就可以完成最好的新闻报道了，我以为只要是站在老百姓的角度上就没什么问题了。可是我忘了刘震云曾经说过的：世上的事儿，件件藏着委屈。

作为记者，一直的理念就是说出真相。要客观、冷静，不能有任何情感上的偏袒。不管真相如何，我们的职责就是打破砂锅问到底，我们要的就是个事实。可在成为一个记者之前，我们首先是一个独立的人，那我们就会有七情六欲，有情感上的起伏，这个可以控制，但是不能避免。有时候，真相就在涕泪交加中流失了，就在冲上头的情绪中溜走了，就在我的自以为是中站在了我的对立面。广告词中说：“你只闻到我的香水，却没看到我的汗水。”可不就是这么回事儿。当我们在同情受虐者时，是否有想过施暴者为何如此，而不是一味地想着要将他惩治。

这让我想起了陈凯歌的电影《搜索》。

得知自己早已身患重病的叶兰秋万念俱灰，在公车上没有给一位老人家让座并发生口角，全程被通车的实习记者杨佳琪用手机录下，并在记者陈若兮的剪辑下公开发布于电视。这让叶兰秋成为了过街喊打的社会败类。事情不断在发酵，各路记者四处搜寻叶兰秋要做跟踪报道，他们只是问“你为什么不让座”和“你知道你这件事已经被公开了吗”，可是没有人问过她的情况。虽说杨佳琪在这过程中已经拍到了叶兰秋的道歉视频，但是陈若兮并没有公之于众，这也是造成叶兰秋死亡的原因之一吧。

那个时候我就在想，记者都这么轻易忽略事件背后的故事，更何况大众呢。如果我当了记者，我能不能做到真正的客观，挖掘到真正的真相?

法律通过证据去制裁罪犯，民众通过传媒来获知事件的真相。至于道德，每个人的心中都有一杆秤吧。

不知者无畏，了解得越少反而越执拗。

“保持对不同论述的警惕，才能保持自己的独立。”

开好车的就一定是好人吗？痛哭流涕的就一定是弱者吗？敢于维权的就一定是要讨个公道的人吗？生活中的事情不都也是这

样。哪有什么非黑即白，灰色地带才是最复杂、最危险，也最普遍的状态。

跟随着你的脚步，我也慢慢读到了书的后半部分。与最初的你相比，现在反而更加成熟、冷静，也更有人情味了。

就像是在告诉我们，世界是什么样的并不打紧，重要的是你自己的态度和观点。我们无法彻底消除黑暗，但我们至少可以让自己不成为黑暗的附庸。世间的事情不是单靠我们一己之力就可以改变的，这需要时间和人心的苏醒。冷静的描述和思考，并不是无情的表现，而是更加符合新闻视点，更有情义的表现。

你的转变也是我们读者的一种成长。

都说传媒行业太辛苦，我觉得，这不仅仅是说日常工作，更多的是说心智上的磨炼。我们会看到更多的“公平与正义”，我们更能体会什么叫“无能为力”，会不停地做心理斗争，不断地纠正所谓的正义。很多人也因此放弃自我，卷入了人潮，也有人始终立在风浪中纹丝不动。

也许我们无法暂停年龄的增长，但若能保持心态的乐观也是求之不得的。也如《达摩流浪者》中所说，永远年轻，永远热泪盈眶。

我在宋词里等你

广播电视编导 1501　李文

问世间情为何物，直教人生死相许。

——题记

千年过去，物是人非；不朽宋词，情韵犹存。

谈起中华文化，人们总会想到最经典的篇章——唐诗宋词。作为中华文化之瑰宝，我们从小就诵读、研习，品味其精华，虽说二者都有极高的文学地位，但相较于唐诗的气象雄浑，我更偏爱宋词的清新婉约。

“黄河之水天上来，奔流到海不复回”，唐诗向来是气势壮阔、旷莽浑厚的。如果把唐诗比作黄河，那么宋词则像自古就以风景优美而闻名的富春江，一路幽静地流去，一曲一种气象，一弯一种景色，水的碧绿、山的青翠，都是那么含蓄有致，秀丽无比；如果把唐诗比作泰山，磅礴雄伟、巍峨峻拔，有阳刚之气，一望就使人产生“会当凌绝顶，一览众山小”的豪情壮志，那么宋词就是构成桂林山水的峰林，小巧玲珑、晶莹润泽，有层次、有深度，具有阴柔之美；如果把唐诗比作松树，枝粗叶茂、高耸入云，像巨人一样挺立，那么宋词就是垂柳，长条摇曳、婀娜多姿，像美人一样风姿绰约。

走进宋词，就像在聆听一首首清丽、唯美的音乐，每一首都让人陶醉，每一首都让人沉迷。爱上宋词，始于晏殊“无可奈何花落去，似曾相识燕归来”的对光阴无法挽留的惆怅之感；爱上宋词，始于柳永“今宵酒醒何处？杨柳岸，晓风残月”的对恋人的留恋之情；爱上宋词，始于苏轼“但愿人长久，千里共婵娟”的美好祝福之愿；爱上宋词，始于李清照“莫道不消魂，帘卷西风，人比黄花瘦”的凄清寂寥的深秋怀人之境……这些脍炙人口的、美得让人无法呼吸的词句时时都会在我的耳边响起，从而为我的生活增添了一抹诗意的色彩。

宋词，是人们研读之经典；爱情，是人们毕生之所求。随意翻开一本宋词，一阕阕精致绝美的文字，一段段悲欢离合，一场场离愁别恨，一幕幕生死别离。一部宋词，就是一部情史，写尽红尘心事，写尽儿女情愁，在爱情中受伤的人们总喜欢到宋词中去寻找疗伤的解药，以抚慰他们的心灵。

爱上宋词，怎能不爱上那些千古绝唱的爱情故事？词人总会用他那摇曳多姿的笔触为世人描绘一幅幅流连忘返的爱情图画。

1

“十年生死两茫茫，不思量，自难忘。”这句词是出自著名的《江城子·乙卯正月二十日夜记梦》，是苏轼十年后怀念亡妻王弗的作品。用王水照先生的话来说，此词“含悲带泪，字字真情，将满腔的思念倾注于笔端，创造出缠绵悱恻浓挚悲凉的感人意境”。

苏轼才华横溢，曾赢得其师王方的赞美与喜爱。几经周折后，1054年，王方将自己的爱女——16岁的王弗嫁给了19岁的苏轼。仙山清池，佳人才子，着实羡煞旁人。

王弗性格“敏而静”，作为进士之女的她开始并没有告诉苏轼自己读过书。每当苏轼读书的时候，她就在旁边终日不去，看着苏轼读书，如若苏轼背书作文有遗忘的地方，王弗就在一旁给予提醒。好奇的苏轼问她别的书里的问题，她也都能答上来。这让苏轼感到又惊喜又刮目相看，他没想到在宋代那个只要妻子能理家，能生孩子，不干涉男人婚外风流就好的朝代自己能娶到王弗这样知书达理的女子。同样，王弗在苏轼读书时的“终日不去”也是事出有因的，一个识文断字的少女在婚前想必也憧憬过那是一个有才华，又爱自己的好男子。王弗是有福的，她万万没想到那个男子是有着光耀千古的才华。

一个“佳婿”，一个“贤妻”，自此，苏轼便一路得意，先是中了进士，又做了官，这一路走来都有王弗跟随。苏轼是个好人，好到自己常常吃亏。王弗自然了解这点，就在夫君与访客交谈时，自己立在屏风后面倾听，事后告诉苏轼她对某人性情为人的看法，结果无不言中，可谓是苏轼绝佳的贤内助。

然而好景不长，两人共同生活了十一年后，年仅二十七岁的王弗就因病而逝，让苏轼悲痛万分，并在埋葬王弗的山头亲手种植了三万株松树以寄哀思。十年之后的一个夜晚，苏轼又在梦中见到了王弗，醒来伤感不已，故有“十年生死两茫茫”之慨。王弗在最好的年华死去，她的容颜被永远定格在27岁，永远是那个坐在小轩窗中对镜梳妆的年轻女子。如果此生能再相见，她一定不认识已是满脸皱纹、满头白发的苏东坡了吧。

2

红藕香残玉簟秋，轻解罗裳，独上兰舟。
云中谁寄锦书来？雁字回时，月满西楼。
花自飘零水自流，一种相思，两处闲愁。
此情无计可消除，才下眉头，却上心头。

在伊世珍的《琅嬛记》中有这样的一段记载："易安结婚未久，明诚即负笈远游。易安殊不忍别，觅锦帕书《一剪梅》词以送之。"以表离思之苦。

据说，赵明诚得知父亲赵挺之要给自己物色妻子后的一日梦中诵读一卷书，醒来后将记住的三句"言与司合，安上已脱，芝芙草拔"告诉了父亲，父亲也不知所以然，问到高人，告诉他们父子说："言与司合是'词'字，安上已脱是'女'字，芝芙草拔是'夫'字，合起来是'词女之夫'，你要娶的妻子是个女词人。"

赵挺之经过一番考察，认为同朝为官的李格非的女儿李清照还待字闺中且颇有才华，于是就这样，赵明诚就把李清照娶回了家。

婚后，李清照与丈夫情投意合，如胶似漆，他们在一起收集文物，去大相寺国逛文物市场。每于饭后他们就一起做游戏，谁赢了谁就有茶喝，否则就没茶喝……

正因为在一起的时光太美好，分别时，才分外难熬。好景不长，朝中新旧党争愈演愈烈，一对鸳鸯被活活拆散，他和她只有初一和十五才能相聚，赵李隔河相望，饱尝相思之苦。

“此情无计可消除，才下眉头，却上心头。”李清照不仅无法暂时排遣相思之情，反而陷入更深的思念境地。她挥之又来、无计可消的对丈夫的相思之情，可该如何是好！

3

柔情似水，佳期如梦，忍顾鹊桥归路！
两情若是久长时，又岂在朝朝暮暮。

说到七月七日，自然令人想起北宋婉约派词人秦观的脍炙人口的名篇《鹊桥仙》，这是一首柔情似水、佳期如梦、韵味十足的爱情千古绝唱。

农历七月七日，是中国传统的情人节。每到这一天，乡间村落里，无数个葡萄架下，老人的周围围坐着孩子，芭蕉扇轻轻地摇着，轻赶着蚊虫流萤，美丽动听的爱情故事从老人的口中娓娓道来：牛郎织女，一对相亲相爱的恋人，男耕女织，生下一儿一女，过着幸福美满的生活。可好景不长，王母知道后大发雷霆，就用头上的金钗在织女和牛郎之间划出一道大河，滔滔的银河水无情地把牛郎和织女隔在两岸，他们只能隔河痛哭相望。后来王母见他们哭得很伤心，动了恻隐之心，命喜鹊传话让他们每隔七日相见一次。谁知喜鹊传错了话，说成每年七月七日相见一次。于是王母就罚喜鹊给牛郎织女搭桥。每年七月七日晚上，牛郎织女就在喜鹊搭成的桥上相会，倾诉衷肠。

4

李之仪痛失第一任妻子胡淑修后受到沉重打击，再加上事业的失落，他万念俱灰，跌落到了人生的谷底。可是转机往往就出现于此时。

绝色歌伎杨姝出现在了李之仪的生命中。杨姝与李之仪偶遇，弹起那首《履霜操》，正触动李之仪心中的痛处，杨姝同情他的遭遇，李之仪对杨姝一见倾心，把她当作知音，接连写下几首听她弹琴的诗词。

与杨姝在一起的日子，是李之仪一生中最快乐的时光。他们常常携手享乐于山水间，坐在巨石上悠闲垂钓。“一编一壶，放怀诗酒，觞咏终日”，山水与爱情都是疗伤的灵药，李之仪的心情大为好转，逐渐走出丧妻丧子的阴影。这年秋天，李之仪携杨姝来到长江边，面对知冷知热的红颜知己，面对滚滚东逝奔流不息的江水，心中涌起万般柔情，写下了千古流传的《卜算子·相思》:

我住长江头，君住长江尾。日日思君不见君，共饮长江水。此水几时休，此恨何时已。只愿君心似我心，定不负相思意。

这首动人的爱情宣言，深深打动了杨姝，她洗尽铅华，嫁给了李之仪。不久后，就为他生下一儿一女，一家四口，其乐融融。

他对杨姝的那番缱绻温柔，一直持续到生命的尽头。

李之仪病逝之后，杨姝还很年轻。将其安葬在当涂藏云山脚，与前妻胡淑修葬在一起。

岁月悠悠，白云千载，多少山盟海誓都逃不过沧海桑田。然而，李之仪与杨姝的这段忘年恋，超越了世俗的鸿沟与羁留，与《卜算子·相思》这首词一直流传，至今为人所称颂。光阴江水日日流，一曲绝唱传千秋，他们共同创造的爱情奇迹，像一个美丽的童话，让人怀想不已。

宋词，不仅有对爱情的寄托，从中也折射着哲学的意蕴。近代学者王国维以词来比喻“古今成大事业大学问者，必经过三种境界”：“昨夜西风凋碧树，独上高楼，望尽天涯路”，这是立志高远的第一境；“衣带渐宽终不悔，为伊消得人憔悴”，这是孜孜以求的第二境；“众里寻她千百度，蓦然回首，那人却在灯火阑珊处”，是终成觉悟的第三境。王国维所引用的这三首宋词，作者依次是晏殊、柳永和辛弃疾。三首词尽管都是讲恋爱相思的，但因写出了深度，就都醇化出哲理的清香。

沉醉于宋词的唯美，沉醉于宋词的清新，沉醉于宋词的凄凉，沉醉于宋词的忧伤……

在宋词里品味人生百态，在宋词里感受岁月静好，在宋词里体会爱情懵懂，在宋词里等待一个梦想中的身影。

我，在宋词里等你。

人性本恶，其善者伪

汉语言文学 1602　王柳

给你讲个笑话，你可千万别哭。

这是电影《驴得水》的宣传语，这部电影与其说是荒诞不经的黑色幽默，倒不如说是包裹着人性的讽喻现实。故事发生在二十世纪 40 年代，几个怀揣着教育梦想的人来到这块贫瘠的土地，抱着教育的初心试图发展农村的教育大业。这样简简单单的事情却在谎言与利益的推动下，最终走向了毁灭。

从电影艺术的角度讲，这部发生在乡村窑洞的小成本电影实在算不得上乘之作，过于话剧式的表演形式削弱了电影本身的张力，僵硬和随意的镜头切换也多多少少影响了观感。不过总体来说瑕不掩瑜，电影对于人物的塑造和故事背后的挖掘还是有许多引人深思的地方。

影片最成功的地方在于对人物的立体塑造。片中的每个人几乎都影射着这个社会不同的群体。委曲求全、迎合规则却又被规则所伤的校长，一心追求自由与人权却被无情摧毁的张一曼，如同愤青一般头脑发热却又在被现实打击后畏首畏尾的周铁男……

影片中最具冲突人格的应该就是冒充“吕得水”老师的铜匠，

他身上人类最原始的动物性被无限放大，与之相对的是他被教育和驯服之后的社会性。他的出现本身就是由一个错误和谎言开始。三民小学由于经费紧张而捏造了本不存在的吕得水老师来吃空饷，而当特派员来见这位吕老师的时候，铜匠就理所当然地充当了吕得水。铜匠在全篇中甚至没有一个属于自己的名字，他属于社会的最底层，就如同张一曼说的那句“你在我眼里就是一个牲口”。“牲口”最终接受了学校的驯服和文字的洗礼，可是他并没有如同我们期望的那样变成一个知书达理的人，反而是将人性的贪婪和自私展现得淋漓尽致。懂得的更多，这种欲望也会更加膨胀。不恰当的教育只是让他体会到了处在高层的舒适和快感，教育带来的社会性放大了他心里的扭曲。在接受教育前被人看不起，在受到教育后却仅仅是为了被利用，这大概是对于教育最大的讽刺。没有足够的文化沉淀如同信息爆炸一般对他的灌输，最后的结果只能是适得其反。

影片是一种类似小品的表现手法，以片中人的窘态和际遇来传递想要说明的东西，电影的总体基调有点压抑，故事的发生建立在一种微妙而病态的规则之上。大家在利益和目标之间选择了一个可以接受的平衡点，相互心照不宣，这种平衡最大的弊端是见不得光。一旦这种平衡被打破，随之而来的就是全面崩塌。纵览全片，打破这种平衡的有两次，一次是特派员的视察，一次是美国人的到来。特派员的到来实际只是对利益的再分配，需要牺牲的也不过是在金钱利益面前看上去无关紧要的尊严和自由。而美国人的远道而来，就像是将湿潮的坟墓突然挖掘起来，将其暴晒在阳光下面。这样带来的后果就是原有体制的全面崩塌，当这些所谓的平衡被彻底打破的时候，就会出现新旧的更迭和交替，将原本的一个又一个谎言以一场近乎荒诞的让人啼笑皆非的闹剧收场。

许多人认为，张一曼是最具悲剧色彩的人物，但我认为周铁男才是真正引人深思的悲剧形象。他有着青年人的一腔热血，在面对强权时一副毫不惧怕的模样，却在遭遇到强权的打击过后屈服匍匐，展现出了比其他人更为过分的谄媚和趋炎附势。他的身上隐缩了许许多多现实中的青年人，一面愤青不已，一面却又以“等有权有势再报复回来”的心态麻痹着自己的内心。最初的初心，全部埋没在了现实之中“鲜克有终”。影片血淋淋地将人身上的最后一层伪装褪去。所谓“知识分子的脾气”也不过是外强中干的暴戾，在面对真正的大是大非时变得不堪一击。他可以看着孙佳嫁给铜匠，看着一曼被强奸而毫无反应，最为可悲的是让善意和道德湮灭的仅仅是顶在头上的一把枪。从开始的不被驯服和张扬到后来被嘲讽的目光围绕，他们的蜕变才是社会人群中真正可悲的一类。善良不过是建立在虚伪之上的东西，它们脆弱而易碎，最终让人沦为鲁迅先生笔下的中国“围观者”。

电影的结尾很有特色，在看似大团圆的喜剧下暗喻着悲剧的收场，孙佳追随大哥去了延安，也预示着这个世界权力的更迭和社会规则巨大的变迁，就如同开头被烧毁的驴棚一般，在一把烈火中消失殆尽。可是，孙佳又何尝不是一种逃离？她寻求着一个类似桃花源的地方永远离开了让人无法脱身的规则漩涡。

故事也许到这里并没有结束，如果正义与纯净是世界该有的模样，我们还依旧在苟延残喘中寻找出口。我们无法忽视电影借古讽今的意图，人类深陷在自己创造的规则中无法自拔，究竟还有没有桃花源可以让我们逃避？

你的园地，我的盛宴

广告学 1601　王少旭

周作人以一本书大小的土地，耕种出自己的一片花园。正如从他笔下流淌出的文字：“我所说的蔷薇地丁的种作，便是如此：有些人种花聊以消遣，有些人种花志在卖钱，真种花者以种花为其生活——而花亦未尝不美，未尝于人无益。”

这“园地”中涵盖了不少独到的见解，读后可谓余音绕梁……

在讨论“贵族的与贫民的”时，周作人有如是看法：从文艺上说来，最好的是贫民的贵族化——凡人的超人化，因为凡人如不想化为超人，便要化为末人了。我十分赞同这位大家的观点。文艺应当属于大多数人，而并非一类人的专属。而平凡的人也应该时刻保持着一颗积极向上的心，唯有如此，才能推动这个社会的发展与进步。

周作人谈及古文学时，他提到：“蔑视经验，是我们的愚陋；抹杀前人，是我们的罪过。”这在当时，很是具有进步意义。同时，这也劝谏我们，要善于从先辈的经验中汲取养分，使自身得到更好的发展。不仅如此，他还辩证地得出：至于有大才能做有韵的新诗的人，当然是可以自由去做，但以不要像“白话唐诗”以至小调为条件。有才能能做旧诗的人，我以为也可以自由去做，但也以不要像李杜苏黄或任何人为条件。此观点更强调在接受经验的前提下，勇于创新，善于创新，为我们今后的写作提供了珍贵的方法论。

周作人还十分推崇文艺自由。“我们想要哭时，就自由的哭罢；有人想笑时，就自由的笑罢。谁在文学的世界上，规定只准有哭的作品而不准有笑的作品呢？”这样美好的见解，更是弥足珍贵。

此“园地”中，有一处最与我心心相印的想法，便是作者引用吉特生的一段话：“他的作品，因为是真挚地做成的，所以有那一种感人的力，不但适合于同阶级，并且能感及较高文化的社会。”没错，在我看来也是如此，真正能触动人心的文艺作品是长着翅膀的，飞过任何所谓的界线。它能深入到人的内心深处，使人们充满认同感从而产生共鸣。这样的文艺作品，注定是成功的。

对于“文思”，周作人的看法更是精辟：“譬如一颗火须燃烧至某一程度才能发出光焰，人的情思也须燃烧至某一程度才能变成诗料。在这种程度之下，不过是普通的说话，犹如盘香的火，虽然维持着火的生命，却不能有大光焰了。”打比方的方式把文思的道理展现得尽致淋漓，这里不再赘述。

“梦想是永远不死的。在恋爱中的青年与在黄昏下的老人都有他的梦想，虽然她们的不同。”周作人写道。是啊，谁还没有点儿梦想呢，只是梦想的颜色不同罢了。可又正因了这些五颜六色的梦想，今天的世界才五彩缤纷。

在其引用“遵主圣范”译文时，他也教给我们读书应有的态度：要把浅近热心的书与那文理高妙的书一样平心观看。你莫管作书者学问高低，只该因爱真实道理，才看这部书。不必查问是谁说的，只该留神说的是什么。

“自己的园地”经周作人的播种耕耘，结出了累累果实，开出了无数鲜花。除了花果之外，更有数不清的宝藏等待我们去探寻。

XIAO SHUO PIAN

小说篇

猴　童

汉语言文学 1001　张宇晴

今天是个阴天，又是近日落时分，以至天空显得格外暗沉。我抬起头看着灰蒙蒙的天，这天像是被棉被压在上面，天地之间的距离似乎变得有些狭窄。只有风是清爽的，要不是这风不时地吹过，一定真的会像被捂在棉被里一样透不过气来。

道路很艰难，我花了很大的力气才走到半山腰。我回头望了望山下的厂房，院子里看不到人。奇怪，我心想，一般这个时候为了提前下班他们都是加快速度做活的，今天怎么搞的。算了，管他呢。我没有继续想下去，而是回过身继续走我的路。

我没有沿着现有的路走，而是穿过一些低矮的丛木。我注意到前方有一颗很高很大的树，这么显眼的一棵树为什么我从没注意过，于是我又往那棵树的方向走过去。我走到树的跟前，树大概有两三层楼高，很粗很繁茂，它的枝干和叶子都垂在了地上。我上前一看，垂下的只有半面。我绕过去从没有垂到地上的另一半面进到由树围成的空间里，这真是一个绝好的地方。

树的根部突出来，露在地表，很长，地面上有稀稀落落的草。

我走到树下坐到树根上，仔细地环视，这棵树垂下的一边刚好遮住对着山下的那一面，另一面则对着山上的杂草树木，围出一个几平方的宽敞安静的隐秘场所。这里似乎比外面要暗一些，这种暗让这里显得越发安静，风凉凉地跑过去与我擦身而过，树叶沙沙地响着。上山之前我是那么想把自己藏起来，现在我想我可以一直坐在这里不用回去。

坐了有一会儿，忽然感觉到上方有很大的抖动声，我便往斜上方望去。那是什么东西，一只大鸟？随着我站起身那个黑乎乎的东西闪了一下便消失在树中。在那个东西消失的一刹那，我似乎看见了一条长长的尾巴在摆动。当我回过头坐回去的时候，突然看见在我左下方的位置有什么东西正蹲在树根下，我被吓了一跳立即往后一闪。它却丝毫不动，我仔细一看，原来是一只两个巴掌大的小猴子。

那的确是一只瘦小的猴子，我们之间的距离大概有一米左右，在这个不大不小的隐秘空间里，这个不远不近的距离显得那么合适。原本整个空间都不是很明亮的，它蹲的那个地方却显得更加昏暗，也许那是树根阴影的缘故。小猴子那又瘦又小的脸上鼓着两只异常大的眼睛，身体上的肋骨清晰可见。虽然猴子都很瘦，但它看来实在也太瘦了，它的皮囊紧紧地贴在两个巴掌大的骨架上。那双大大的眼睛显得十分明亮，目不转睛地看着前方。我朝它看的地方望去，那里什么也没有。它的尾巴在身后一动不动，两只爪子勾放在胸前。

我没有走上前，而是保持着这个恰当的距离坐在了刚才那个位置上。它依旧安静地蹲在那里，有的时候会动一动，换个姿势，这样才不那么像一个雕像。不知道为什么，有了这只小猴子蹲在身边，我感觉异常安慰。好像有种错觉，仿佛它是我的一个伙伴特地在这里陪伴我。

或许我说点什么，它也是能够听懂的，这要比对一面墙说话要好得多："你也一个人是吗？"我这样开口了，好像是把它当成了人一样，小猴子眨眨眼依旧看着前方。

我又环视了一圈以确定周围没有人，便开始继续说："他们只会抱怨你。没有人站在你的角度上想一想，还口口声声地说是为你好！"我的声音有点像怨妇。小猴子只是眨了眨眼睛，小幅度地动了动爪子，不知道这是不是表示它在听。

"考试是我自己的事，落榜当然对我自己的损伤最大，可是他们还要来抱怨我！"吼完了这几句后周围一阵寂静，我发现心里舒服多了。我把注意力集中在了这只小猴子身上。怪了，它怎么一直不跑而是静静地蹲在这里。它没有注意到我？可是它明明是从树上跳下来蹲在我的身边的。我想要走近看看，可是怕它跑掉，为什么要破坏这个刚刚好的距离呢？风还是那样不时地吹着，带着树叶的声音，天色还是暗暗的。

如果它是一只猫咪或是一只小狗，我想我会毫不犹豫地走过去，把它抱起来。可是它是一只猴子，以至我都没有想去找点什么吃的给它。通常与这种外面的小动物建立起联系的方式就是食物，可是我和这只小猴子的联系是什么呢？不知道为何我坚信我们有这种联系。

"你看上面。"我听到了一个说话的声音，那个声音很轻很稚嫩，像是一个男童的声音。那个声音很通透，像是带着回声，以至于我不能分辨出它是从哪里发出的。我环顾了一圈，周围一个人都没有，我便向那个小猴子看去。这时它的头正望着我头顶的正上方。我应该吓得跳起来才正常吧，可是我没有。我知道那是小猴子的声音，虽然它的嘴没有动。

我出奇镇定地向头顶望去，我的内心真的很平静。我望着不时随风晃动的树枝和树叶，透过缝隙可以看见昏蒙蒙的天。

什么都没有啊，我心里想着。

这时树的晃动变大了，一缕不知道哪里来的阳光透过树叶的空隙射了下来，我不自觉地用手遮了遮眼睛，阳光把叶子照得翠绿透亮。这时候我看见了一些深色的身影在树枝上，是几只小猴子，不，仔细一看是一群。虽然没有任何声音，连风声都没有，但我却可以看出来它们闹哄哄地叫着似乎很开心，而我上方的树木似乎也一下子变得高大起来。

我又低下头来看着那只小猴子，因为光差太大眼前都是黑色的大光点，小猴子的影像闪烁摇摆，过了一会儿才清晰起来。

它目不转睛地看着那群猴子，看不出脸上是什么表情。当我回过头来时，竟然看不到一点儿阳光。我又向上方扫了一眼，上方的光亮真的与这里无关，一点都没有照射到树下的空间，小猴子更像是独自蹲在一个阴暗的世界。看着瘦小的它，一股怜意涌上心头，突然有种很神奇的感觉，似乎它那里和阳光那里都与我这个空间毫不相干一样。

“不要靠近它，它只是一具尸体。”这时候我听见一个沙哑的分不清性别的声音，我警惕地看着周围，依旧什么也没有，上方仍是阳光明媚。我屏住呼吸，慢慢地向小猴子的方向看去，它还是呆呆地看着树的上方没有反应。

不是它说的，我心想。

我怀着忐忑的心情环顾这里，那个声音又出现了："离开这里，它是一具尸体。"这时我发现上方有一个老猴子看着我，我猛然一惊，依旧屏着呼吸。那个老猴子不像和那一群猴子是一起的，或者说，只有这个时候不像是一起的。很快，那个老猴子消失在了一群猴子的身影中。

这时我能听到自己心跳的声音，谁知道还会发生些什么，我应该离开这里。可是想到要动弹要下山，我又感到一阵恐惧。风吹着，我记不起来天是亮的还是暗的，我坐在那里不敢移动一下。

那真的是一具尸体？也许这是它瘦弱的最好解释。

"它们多开心！"稚嫩、通透的男童的声音打断了我，我注意到它依旧没有张嘴。我安静地看着它。

"我再也不能和它们在一起了，它们再也听不到我。"

我想说或许它们能听得见，可是我没有说。说完它低下头，看着地面。我向上方看去，阳光不见了，猴群也不见了，树叶的缝隙外只有灰蒙蒙的天。

我突然想抱着它回去，让它和我在一起。

"它只是一具尸体。"

我脑海中反复闪着这一句话，使我不敢过去。我又环顾了四周，生怕听到那个沙哑的声音。天色似乎更暗了，我再不做点什么的话，天就要黑了。小猴子还低着头看着地面，它刚刚一直在和我说话，无论它是什么，而且看起来它也并没有恶意。它的样子似乎在向我倾诉，我应该回答它不是吗？而且，是我先对它敞开心扉的，嗯，我想刚刚那确实能算作敞开心扉。

“我再也回不去了，”那个稚嫩男童的声音又响起来，“如果我像它们一样，你不会听见我说话的。”

“那我现在为什么能听见你说话？”我终于开口了，我的声音变得轻柔，像是和一个小孩子聊天，没有表现出丝毫恐惧。我把恐惧藏在心里用被子盖了起来，我不知道当我表现出恐惧和不信任的样子之后会发生什么。

“你想听就听得到。”

“也许我遇到了不可思议的事情。”我说，然后再次环顾着这个地方。

“希望你会喜欢这里。”它的声音变得轻巧。

“这里很好，很安静，来之前我多想自己一个人躲起来。”也许聊了几句我自己真的变得轻松起来。

“可是我不喜欢自己。”这时它的声音变得暗沉，它抬起头看着我。这是它第一次看我，我不太敢去直视它的眼睛，但还是鼓足了勇气与它对视。它的眼睛很亮，眼神里看不出任何神色，那是死去的眼睛，已然没有了神情，可是我却从眼神里感受到了一种说不清的气息。这种气息让我害怕，让我产生怜意，同时神奇得让我感到亲切。

我自己不知道为何走了过去，蹲在它的面前，它没有动。

“你应该在泥土里。”我平静地说。

“我不要自己去泥土里。”那个声音颤抖着。它眼睛里的雾气转动着流了下来，随着两滴泪水滴落在地上，它的眼睛立刻变得干枯而失去了光泽。我突然意识到那应该是它身体里最后的水分。

“我不要自己去泥土里”，我在心里揣度这句话，朦朦胧胧间我不会不往另一个方向想。可是想着它痴痴地望着那个阳光明媚的地方，我咽了口唾沫，但我似乎知道我该如何做了。

“你应该闭上眼睛。”这时我把它抱起来捧在手里，它轻得似乎没有重量，它不仅仅是瘦，它的皮肤如枯树皮一般。它依旧看着我，用那双已经失去光泽的眼睛。我身体的手捧着它，我心里的手按压着我的恐惧。我边走边环视着这里，果然在另一边的树下——枝叶完全包围的那一侧，我发现了一个小小的土包，我走到那里蹲了下来。

我小心翼翼地把它放在怀里，我说不清这种小心是因为害怕还是因为怕把它弄伤。我用另一只手扒开土，土很松，最后是一个凹下去的小小的坟坑。

“来，闭上眼睛吧。”

它已经耗尽了身体里最后一滴水分，它应该安分地躺在土地里。它看着我，竟然僵硬地点了点头，于是我用手很轻地把它的眼睛合上。随着陈皮般的眼皮落下，我能感受到那种气息完全消失了。我把这个幼小而干枯的躯体慢慢地放进去，又慢慢地将土填上，直到土地上突起一个小小的包。

我站起来，又看了看那里，那个小小的土包在树下，在枝叶下，在这个隐蔽的枝叶围成的空间里显得格外安静。我又再次环顾了这里，也许这里永远是暗暗的，有清凉的风和树叶的沙沙声响。

换　亲

汉语言文学 1101　陈娅

我们村的孩子都有母亲，春花却是例外。

春花是我的邻居，又是我的同学。凡是见过她的人都夸她“长得真像她妈，也是个美人胚子”。但春花不想让人在自己面前提起那个抛夫弃女的狠心女人。

春花的母亲年轻时是个大美人儿，嫁给春花的父亲后还是不忘另一个男人，丢下年仅七岁的春花，最终离开了这个家。现在的春花已经十八岁了，对于母亲，她没有太多感情。她们见面不多，仅仅是在外婆家和舅舅家。每次她到舅舅家，母亲多半会从打工的城里赶回来，带些吃的穿的给她，但她对母亲并不亲近，即使母亲极力讨好她。在她心中，母亲不是个好人，她不喜欢母亲，她心里有恨。

这天刚到外婆家不久，母亲又打来电话：“花儿，今天我赶不回来看你了，你在外婆家玩玩后就赶紧学习，我听说你的成绩不太好，别太贪玩了，外面的竞争很大呢……”春花不爱提学习，更不喜欢这个女人管自己的事。“我的事自己知道，用不着你操心。

你要是真关心我，就不会在我小时候弃我而去了！”然后挂了电话，回过头见外婆脸上有止不住的悲凉，一边的舅舅也是满脸无奈。这份唯独对母亲的苛刻也曾压得自己喘不过气来，但她又不愿停下。

外婆显然在努力调整自己的情绪：“怎么能跟你母亲这么说话呢，她会伤心的，对她好点吧，她……”外婆说着又叹口气走了。

这天晚上，外婆把春花叫进屋子说：“花儿，你都成年了，我想把你妈的事告诉你。你别再误会她了……”多年来，这是她第一次静静地、认真地听外婆讲起母亲的过去。

十九年前，长河两岸有两个村子，分别是李村和王家台子。李村有个漂亮姑娘，叫李清荷，人如其名，像一朵出水芙蓉。她很勤劳，总喜欢到庄稼地里转，看看青苗长大的样子。旁边是顺明家的地，顺明是个脑子灵光的小伙子，也爱去看看庄稼。这两人就见了面，时常会聊聊天，慢慢熟了，渐渐地两人都在心里给对方留下了位置，但又都没说出来。

过了不久，王家台子的一户人家提亲，李清荷还没来得及拒绝，父亲就答应了。她坚决不同意，与家里闹翻了。父亲说，孩子的婚事，都是父母说了算的，你的事我替你做主了。李清荷坚决不愿意。多次争执不下，父亲还动了手。晚上，清荷趴在床上哭，母亲带着刘婶来劝她：“孩子，听父母的没错，女人嫁个踏实人过日子就行了，我看王家的娃子也不错。”

母亲看得心疼，抱着女儿说：“我也不想为难你，但是你不嫁，你哥哥怎么办？他小时候受了伤，一条腿不灵便，现在岁数也大了，还娶不到媳妇，王家说了，只要你答应这婚事，他们家的女儿做咱家媳妇。”这时，清荷明白了一切。

清荷和哥哥自小关系好，她也为哥哥的婚事着急，可没想过会是这样：王家的女儿嫁给残疾的哥哥，自己嫁给王家的儿子。奶奶以死相逼，说：“婚事由不得你，要是让老李家断了种，我就死给你看！”她的反抗显得不孝，她的婚姻就是家族的未来。无奈之下，只得屈从了命运。

到了王家的头一年就有了春花，这个丈夫也不是不好，可总不如她和顺明那样会交流，丈夫是个闷葫芦，不爱说话。孩子七岁时，有天村里死了人，丈夫和婆婆去帮忙，她带着熟睡的孩子在家。顺明在这天来看她，被提前回家的婆婆发现了。婆婆听说过儿媳妇的事，想着顺明八年未娶，是不是他俩之间有啥茎茎蔓蔓？婆婆叫来本家，喊回儿子，把顺明狠狠打了一顿。顺明伤得严重，被送到医院。清荷要去探望，丈夫对她不理不睬，婆婆则是张口大骂。这次清荷下定了决心，提着一篮子鸡蛋出门。婆婆说：“要是有脸去，就别回来了，你把人都丢尽了！”清荷很平静，不再是一个拿不定主意的少女了，看了一眼怒容满面的婆婆，头也不回地走了。她在医院看护了两天，顺明还是去世了。她下决心离婚，谁也劝不住，抱着孩子哭了一通还是走了。这之后她会把女儿吃穿用的东西备齐，送到母亲家，见见女儿，但女儿没叫过一声妈妈。她一直在县城打工，也一直单身……

春花这才恍然大悟，抱着外婆哭了一场。第二天，她就踏上去县城的班车，一路上默默地练习着那个字的发音——“妈妈”。

时　光

汉语言文学 1301　贾粉娥

1

清晨五点零五分，老罗从壶口小区出来，穿过滚滚的壶口河畔，去找老石。

今年是 2030 年。老罗七十岁，已经退休了。虽说现在可以离开这个生活了一辈子的地方和儿子住在一起，可老罗觉得那样不自在，况且还没有老到要依靠儿子的地步。十几年前，他记得大概就是 2016 那年，新出台的退休政策把退休年龄推迟至六十五岁，于是他就继续干了几年。等到他六十四岁的时候，年轻劳动力远远难以满足社会的需求，为把劳动力短缺的空位补上，国家又把退休年龄延迟了三年，这样本该十年前就能退休的老罗直到五年前才彻底离岗退休。但是老罗并没有因此抱怨政府，反而觉得自己没有像其他过早退休的前辈们悠闲地老去等死也很好。老罗不想离开这个生活了一辈子的壶口河畔。他要是一天看不见壶口奔腾的黄河水就会变得焦虑不安，若是一天看不见壶口轰烈巨响的声音就会在夜里难以入眠。

老罗和老石都是在这壶口畔上长大的。俩人从小学起就在一起读书，只不过在高考那年，成绩优秀的老石被保送到北京搞科研了，而他则在这壶口河畔上做了一名旅游景区管理员。这两年两人同时退休。老石退休后，回到壶口河畔，依旧在搞他的科研项目。老罗找老石聊天，聊到兴头上的时候，老石偷偷告诉老罗，他在研究一个叫作“时光”的机器，当时把干了一辈子旅游管理事业的老罗听得嘴都张开了。老石告诉他，这机器可以带人返回过去，知晓未来。老罗临走时，老石还告诫说，别告诉任何人，这机器还未投入使用，他是看在发小的份上才透露这些的。老罗只知道现在的科技水平很发达，没想到发达到了可以让人返回过去，知晓未来的地步。

从壶口小区出来，街道两旁已经有早餐店开门营业了，穿橘黄色工服的环卫工人已经在清理腾空垃圾箱。只见坐在操作车里的是个白白胖胖的男子，按了红色按钮车里就伸出一只像人手的机器爪子，将不可回收的垃圾倒入车槽，老罗还没看清就见一个个速溶袋子将这些垃圾打包好一会儿拉回融积站里融毁，所有的垃圾化为乌有。那男子按了绿色按钮之后，另一个大爪子又将可回收的垃圾倒进另一个槽里，只听见“噼噼啪啪”的声音，车底下的传送带就将不同的垃圾分类装在另两辆车槽里。等到一切结束，刚才还在旁边聊天的几个环卫工人坐在各自的车里，开着前往下一个地点。

再拐过一个街道，老罗看见了老石的研究所，里面的灯还亮着，老罗捋了捋刚梳好的头发。他今年七十了，却一点都不像二十年前的七十几岁的人。现代人的寿命越来越长，所以七十几岁的人的身体机能跟二十年前的五十几岁是一样的。

老石为老罗打开研究所的大门，疲惫的他看见眼前的老罗表现出了吃惊，而令老石更没想到的是老罗见到他的第一句话就是："老石，我要穿越。"

2

想要穿越的事儿老罗其实在上次见到老石的时候就提过了，老石以为老罗就是说说，没想到老罗是来真的。老罗其实并不是赶着先进风非要做穿越的第一人，而是他就是想要回到过去的一个空间去求证很多年来一直想要知道的真相。

"老罗，事情都过了这么多年了，你还要追究啊？"老石倒了一杯泡好的热茶递给老罗。

"对，我难得等到有这么一个机会，我不要错过，我就是想知道真相。"老罗情绪有点激动，声音比平时高了几倍。

"既然你这么坚定，那好我可以答应送你回到过去，只不过你要为你自己的决定负责，中间要是出现任何闪失得你自己承担。"说着就带老罗来到研究所的另一个门前，老石在门上的密码盘上输入密码，只听见一个柔和的女声"请进"，然后通过一个长长的通道，又走了四个密码门。当第五个门打开时，里面有一个如同环形跑道的轨道，那轨道上正停着一辆如同贝壳的机器车，老罗想这应该就是老石嘴里所说的"时光"了。再看那机器却是和普通车辆的设计不同，里面只有一个方向盘，没有座椅和刹车什么的。老罗向前摸了摸机器，没想到看上去很光滑的机器表面却是软软的。

正在老罗惊讶机器材料的时候，老石不知道从哪儿拿来一套银色的衣服叫他穿上。老罗穿上之后，老石开始给他介绍：“老罗，这不是一套普通的衣服。这套衣服我们叫它多能衣。你看，你身前的扣子，第一个扣子其实是一个摄像机，会记录你的行迹，我们在这里也会看到你所遇见的一切。第二个扣子上有按钮，你可以在危机时刻按下我们可以把你救回来。我再给你一块表，你戴在手腕上，那上面有时间，穿越时空就要靠这块表来控制时间，如果表响了，请你立刻回来。哦，对了，这套衣服最神奇的地方就是别人看不到你。所以你要是穿越过去，很难有人会发现你的存在。

你再来看‘时光’，当机器启动的时候，你会看见你的头顶上出现数字，那数字其实就是你要到的时间区。要是看见那个你想去的时间区就转动方向盘，千万别害怕那带过来的飓风，你只要紧握住方向盘，就不会把你摔下来的。”

“那我怎么回来呢？”老罗问道。

“老罗，你可不要小瞧我们的‘时光’，他可是通人的心性的。你看你的手表表盘旁边，有一个红色的按钮，到时候你只需要按一下那个按钮，‘时光’会自动定位你的位置过来找你，回来的时候和过去时候的方法是一样的，”老石推了推鼻梁上的眼镜，又说，“老罗，你要是不敢去，就别去了，现在后悔还来得及。”

“谁说我不敢去，老石头，你就看着吧，我一定会带回来一个真相的。”老罗回答道。

进入舱门，老罗紧握住方向盘，只听见“3、2、1，‘时光’启动”，然后看见一排排红色的数字从头顶上由近及远而来，

“2030，2029，……2020，2019，2018，2017”大概在运行了半个小时的时候老罗终于看见了他想去的2006空间，可是当他正想要转动方向盘的时候，不知道哪里来了一股飓风，他觉得方向盘听的是飓风的力量而不是他的，他感觉眼前变黑了，自己看不清头顶的数字。他后悔自己走得太急连早餐都忘记吃了，接着他听见老石在传声机上呼叫他，他想回答但是张不开嘴，心想这老家伙这时候一定急坏了。

老罗不知过了多久才苏醒，发现自己身上还穿着那套衣服躺在草丛中。等他站起身，他看见一个熟悉的身影在壶口河畔，再仔细一看，然后脱口而出：“爸，爸”……

3

老罗看见了他的父亲。那瘦骨嶙峋的身体撑不起破旧的衬衣，俊俏的脸，挺拔的鼻梁，那硬气的面庞上依旧带着慈爱的微笑。老罗呼唤了很多句“爸爸”，但都得不到回应，他这才意识到老石告诉过他穿越之后别人是看不到自己的，声音也难以被听见，自己真的变成了一个“隐身人”。他看见父亲手上牵着一个小男孩，男孩手里抱着一个汽车玩具，老罗清楚地记得那是父亲在他六岁生日的时候送给他的。他是多么激动，多想过去抱抱父亲，告诉父亲自己是多么想他，真想告诉父亲一会儿哪儿都别去。可惜父亲看不见他这个从未来空间来的人，听不见他说话。

“爸爸，壶口的水是从哪里来的？”男孩仰起小脸问父亲。

“壶口的水，是从天上来的。”父亲弯下腰突然将儿子抱过来举过头顶，逗得儿子哈哈大笑。

“那壶口的水要流向哪儿的？”儿子此时已经坐在了父亲的肩头。

“要流向很远很远的地方。”父亲望着翻腾的壶口水。

“很远，有多远？有到外婆家远吗？”儿子看着远远的山。

“当然比那远，要穿过好多座山，一直流呀流呀流呀……”说着就抓住儿子的手开始小跑，壶口畔上传来六岁儿子的笑声和尖叫声。老罗虽然已经七十岁了，这辈子他最敬重的人再次出现在面前，还是令他激动得说不出话来。他知道接下来会发生什么，不能阻止这一切的发生恐怕是他这辈子感到最无能为力的时候。

在与儿子嬉闹的时候，父亲听见壶口上方一块突起的石头上传来撕心裂肺的呼救声，父亲放下还在肩头的儿子，叮嘱儿子站在那儿别动，男孩眼中只留下父亲晃动的身影。不一会儿又跑来了很多大人，男孩不知道发生了什么，只见人人惶恐而面露悲伤，妇女们在慨叹“多好的人为了救人就这样没了”。一个叔叔跑过来抱起那个男孩，可是男孩还是看见了躺在担架上的父亲，父亲的旧衬衣湿透了，头发上、脸上都糊满了黄色的泥，男孩多希望自己能跑过去叫醒面色苍白的父亲，可是那个抱着他的叔叔一边安慰着他，一边遮住了他的双眼。几个男人抬着担架给父亲盖上了白布，周围没有一点声响，似乎一切都处于无声状态，能够看见的只有人们脸上的晶莹剔透的泪珠。

暮色渐渐在天际间拉上了帷幕，人群围着担架缓缓前行，逐渐消失在夜色中。人们不知道人群之中还有一个最伤心的人，那就是老罗。此时的老罗已经泣不成声，多少年来他还是会不时想到这个特殊的下午，他的父亲因为救人永远地离开了自己。

"滴滴，滴滴，滴滴——"老罗听见手表响了，然后他按了红色按钮，只见那"时光"从天空飞到身边。老罗坐在舱里吃了压缩食品，待恢复了些许体力，老罗再次启动"时光"。这次他要飞向他真正的目的地——空间2006。

2006年5月20号，是老罗这次要来的时间点。老罗还是来到壶口河畔上，在那里，有他将要寻找的多年来一直都想要知道的真相。

4

还记得上面我提到过的老罗的儿子吗？没错，老罗这次行动的主要目的就是为了他的儿子，我们暂且称为"小罗"。

这个小罗其实不是老罗的亲生儿子，是老罗在景区工作巡查时遇到的一个外地妇女给他的。但是这个妇女长什么样子，老罗后来回忆了很多遍都记不起来。当时他见这个妇女很着急的样子，上前询问才知原来她是想要上厕所，没人替她照看孩子。天真的老罗就把孩子抱过来说让这个女的先去上厕所，没承想这一抱就再也没见那个妇女的身影。他解开孩子的衣服，发现里面什么都没有，看来这妇女就是打算把孩子遗弃的。随后老罗也看过附近的监控视频，可是这个外地女人就像人间蒸发了一样。老罗这时岁数也不小了，但孩子还是被老罗抱回了家抚养。等到孩子大概五岁的时候，本来是有一个不错的人家想要收养这孩子，没想到那家人来家里抱孩子时，老罗的妻子哭成了泪人，妻子一哭老罗也跟着哭。不是这孩子离不开老罗夫妇，而是老罗夫妇离不开这孩子。来接孩子的人也实在感动得不行，就说他们再到别处去领养。

小罗打小就孝顺聪明，在家尊敬兄长，体贴父母，在外勤奋上进，不惹是生非，方圆几十里没有人不夸老罗家有个好儿子。孩子十八岁上大学那年，老罗把小罗不是他亲生的这件事告诉了小罗，当时小罗声泪俱下。小的时候和周围的孩子一块玩，一个最好的朋友像是要告诉他一个惊天大秘密似的给他说："好多人说你好像是你爸从壶口畔上抱回来的。"这么多年来自己一直不愿意相信的流言父亲今天竟亲口告诉他这是真的，小罗既感动于养父母对自己视如己出的养育，又气愤生父母的狠心抛弃。之后的小罗对待父母还是一如既往的孝顺，日子看起来也是风平浪静。直到小罗结婚的第二天，儿媳妇偷偷告诉老罗的妻子，说喝多了的小罗昨天哭了一晚上，还说他恨自己的生母。当听到"恨"字时老罗心里一颤，他不想孩子活在仇恨中。没有不爱孩子的父母，然而那个母亲怎么会不要孩子呢？这其中到底发生了什么？

老罗又一次来到了壶口河畔，多少年来，这里的水势保持着它的宏伟壮阔，在地图上依旧能精准地找到它的位置。那是在干什么？老罗看见了一个年轻女人疯了似的拉住人就问，老罗听不清楚是什么，走近了才听清："你们有谁见过我的孩子了，我的孩子？"女人胸前绑着一个巨大的牌子，那上面写了孩子的体貌特征，写了女人家的家庭住址以及联系方式。再看那照片，老罗瞬间惊呆了——照片上面就是自己的儿子小罗。

有同情女人的人过来询问，女人说："我就在街上挑东西，我把宝宝就放在了婴儿车里，就那么一下我的孩子就不见了。当我冲出人群时我看见一个穿红色上衣的女人从拐角跑过去了。"

女人说完这一切已经满脸都是泪水。“红色上衣？”老罗仔细回忆，可还是记不起来。老罗又拐到了那会儿第一次见到儿子的地方，等着这幕真相。

老罗看见那个地方那个时候的老罗遇见了一个红色上衣的女子，然后他把孩子从她的手中接过来。“啊呀，我咋这么蠢呢！”穿越过来的老罗才明白自己才是害儿子与生母分开的关键，那个时候的他只想到那孩子是红衣服女人遗弃给他的，却没想到她根本就不是孩子的母亲。老罗打算将这一切都告诉儿子，他的亲生母亲正在四处找他。这回老罗觉得他这次来的值了。

这时候对讲机传来老石的声音：“老罗，听到我说话吗？”

“听到，我的事情已经办完。马上就回来。”老罗有点激动。

老罗回到 2030 年空间，发现研究所里多了许多人，出舱的时候发现许多人在欢呼鼓掌，老罗的成功穿越将是科研界的又一个里程碑。顾不上接受人们的盛情夸赞，老罗就拨通了儿子的电话：“儿子，老爸有很重要的事情要跟你说……”

鱼米之家

汉语言文学 1301　郭静

大涝，这里地处平原地带，近河，水好，鱼多，自然水患也多，不然为什么得了个大涝的名字呢。尽管水患频发，不过这里的山山水水似乎格外诱人。人户繁杂，猫鸡狗兔，热闹不已。水患，呵，早被人们剔除了，大涝人的生活只剩滋味。这么说吧，你要是外乡人，走到这里的路上，不免大倒苦水。走这里的路胜过爬山，曲曲拐拐，回肠九曲。这也罢了，关键是路上还尘土飞扬。想象一下，在这赶路，大热的夏天，顶着毒辣的赤焰太阳，热着，汗水滴着，还被土熏的一脸，真的，有够呛！可大涝的人儿就是爱这一片土地，要说这大涝的好处，说得你哑口无言。这里别的作物都长不茂，只育水稻，一年比一年繁盛热闹。所以大涝以种植水稻为业，米是第一生产作物，一年三收。在这黑婆娑的土地上，繁衍了一代代人。站在盘曲的高地朝下张望，望不穿的荷叶挡住你的去路，郁郁葱葱，个个挑高了杆争个高低。

老王家就是这片土地上独树一帜的人物。没有人详尽王家的源头，只听老一辈人絮叨王家祖先好像是什么逃亡而来，仅此而已。不过王家的确是天生的经营行家，短短几十年，鱼米之家的名号就像风一样，传遍大涝。甚至有人说："到了大涝，你可以什么都没尝过，但这鱼米之家你没去吃过，可算是吃了一大亏，都不好意思给别人说你到过大涝。"夸不夸张，可这名头大不大，你也就装心里了。鱼米之家如今传到第四代，第三代老王家掌柜的是王二郎，但大家都习惯敬一声"三爷"。三爷，光头，瘦高个，终年一套灰色夹衫搭调黑中山裤。他已然耄耋之岁，却依然把持着家业，迟迟未将鱼米之家传给儿子王小野。大涝人心地单纯，对此倒也不在意，这是人家里的事，自家吃自家碗里的饭，管不着。外面没有闲言碎语，可三爷这心里着急呀！他恨不得马上将家业传给儿子，他深知自己撑不了多久，但又怕小野火候不到，祖上的功绩到他这散掉，那他百年之后怎么有脸去冥府见祖辈。

鱼米之家能做到如今这样，着实不是那么容易，这其中的辛苦非亲历不可知。从选材，配料到烹饪，每一步都得亲力亲为，这其中的学问大有学头。就说挑海货，几十年了，三爷每天清晨，都是亲自去湖边挑选当日最适宜的食材。鱼米之家每天没有重复的菜谱，就和这有关，最应季最新鲜是首选。这挑选久了，经验就足，三爷一眼明了。这条鱼新不新鲜，是被炸死的还是毒死的，是咱大涝的水货还是外产的，他心中都了然，所以鱼贩子在他老这可不敢弄虚作假。再说这蒸米，王家的米都是闾顺商行直供，他们两家，几十年的交情，无论刮风下雨，一早商行伙计送米到鱼米之家，从不误时。生意红火了，当然就有眼热的。也有别家学王家蒸米，可不知怎，这出锅的米糕就好像认锅，怎么做都没有老王家的香糯。你可别小瞧这大米，这米粒新不新鲜，是否圆润饱满，鱼米之家的招牌可就靠这碎碎的粒粒，每一个饭团都是鱼米的活字招牌呢。

王家三代单传，三爷将近花甲，才添了这一麟儿，他怎会不想宠着。可是宠，自己还有多少时间呢。韶华易逝，人生漫长。路，每个人还都得自个走，他不可能给儿子一辈子的保护，只能让儿子小野自食其力，有了真本事，继承家业，这才是对他真正的疼爱。想明白了，理清了，二郎心就横，这二十年对小野是一天比一天狠。他也心疼，可是不想让小野有一天流落街头，更不愿愧于祖先。三爷的家教，严苛可是出了名的。王小野一点恩宠都没享受，打小就被他爹“教育”。十来岁光景，个儿都够不到灶台，只能踩着凳子，跟着他爹学蒸鸡蛋糕，一天还没少挨训。挑海货，蒸米，上砧板，一样都不少，小小年纪就一天在厨房蹦来蹦去，乡里的人看了都觉得心疼，可三爷似乎熟视无睹。

小野不是没怨恨过他爹。小时候，别家娃娃们斗蛐蛐，玩地道战，和泥巴，他只能远远看着却不能去。他的游戏是在厨房淘米、鲞鱼、蒸米之类，其他这些拿他爹的话说就是不务正业。他就想不明白，斗蛐蛐怎么就是不务正业。有一次，他实在没忍住，就偷跑出去玩了。他想着这一大锅米一时半会也煮不好，偷偷去一下马上回来，不会被发现的。可是小孩子的天性，玩得自然忘了时间。那天，厨房差点被烧了。等他回来，爹气黑了脸，让他跪在院子里，拽起手里的牛鞭就是刷刷猛抽，旁的人在一旁相劝，可是三爷吼道：“我惯，能惯多久，厨房，那可是我老王家的衣食。他连这点责任都没有，以后还怎么把家业交到他手里，你说——”听到这，别人也不好多言语。那一次，他三个月还下不来床。爹最爱挂在嘴边的话就是：“嘴里长牙吃馍，肚里长牙吃人。”这句话，打小，王小野就一直嘀咕，吃馍饱了就行，吃人干吗，多可怕，他不要肚里长牙。爹爹对他的这番苦心，等他明白都是长大以后的事了。

王家祖辈的事，小野是知道的。这是爹唯一给他讲的故事，他熟稔。王家祖上是偷渡流亡的日本后裔，当初家里是为了躲避复杂情势，才改头换面来这大涝做小生意糊口。没想到生意越做越大，到他爹这竟已富甲一方。小野一天天长大，三爷也老了。农历初九这天，爹歇店停业，准备祭祖，爹早些日子就已让他准备。祭祖完，父子俩并没有像往常那样一言不发，各忙各的。今天，爹要留他去堂屋谈话。这是爹第一次和他语气慈祥的谈话，他有点乱，人对于另一个人性情突变总是感到惊讶的。那天不知道过去了多久，不知道他们究竟聊了什么，只听家里帮杂的说，少东家是肿着眼睛出来的，和俩红枣一样。眼角泪痕还未干，但脸上的倔强，却是从未有过。

鱼米之家又开门做生意了，不过掌柜的换作了王小野。鱼米之家虽然换了掌厨的，可这生意依旧红火，小野出息，没有辜负三爷的期望，这些年的锤炼没有白费。王家的招牌交给了王小野，王二郎就走了，没有人知道他去了哪。

梦游记

汉语言文学 1302　张忠艳

爱情是什么？

我很喜欢听故事，小时候，听奶奶讲，听小朋友讲。随着年龄的增长，他们的故事渐渐地被我掏空了。不过值得庆幸的是，故事一直都在生产——电视剧、小说、电影、动画片，各种题材版本我都在不间断地感受着。

故事听多了，自己的思想也开始随着每一段故事天马行空，忘了是在看哪部电影的时候，我外公吐槽了一句：“现在的影视剧离了爱情是不是都演不下去了！”对啊，古往今来，爱情一直串联各个故事的始末，更有甚者，离了爱情的故事就像一盘没放盐的菜，任你再怎么天花乱坠地去添加辅料，却终归成不了佳肴。

爱情是什么？我常常在某个大脑空洞的时候思考着。在《聊斋》故事中，爱情是没有种族划分的，人神、神魔以及人妖、人鬼之间都是可以产生的。忘了在哪部现实主义作品中，我又看到了这样一种解释：爱情是将两个毫无血缘关系的人演变成亲人。按这种逻辑，在等级划分上，爱情是低于亲情的。言情泰斗琼瑶恰恰又是另一种说法——生命诚可贵，爱情价更高。爱情可以超越一切，爱情可以使人众叛亲离，可以让一个人变好，也可以让一个人变坏。

后来，在思修课本上看到了两行关于爱情的定义，忘了具体解释，但清晰地记得定义中爱情成立的关键因素——发生过性关系，这倒让我更加困惑了。前段时间又看了一场关于爱情观的辩论节目，某武汉大学教授站在医学的角度给出了“多巴胺分泌”说，即当你遇到你所爱的人的时候，多巴胺的分泌会促使你心跳加速、脸红等一系列生理反应。所以按照这种说法，爱情的对象不是唯一的，是多个体并且是多变的。

面对爱情的定义，众说纷纭，很难得到一个确切的说法，以至于某天在面对某个心动的男生时候，还要在心里默问自己一句“这究竟算不算爱情”。我是一个相当理性的人，用朋友的话来说，面对一个恋爱个体，我总要列出一堆条条框框去判断他是不是我要找的人。但我无比清楚的是，爱情是感性直觉的，所以我应该是遇不到爱情的吧！

直到某个从梦中突醒的早晨，我坚定不移地告诉自己，他就是我要找的人，也就是我人生中所遇到的第一份也可能是唯一一份爱情。

这是很久以前的一阵梦了，它就像断片的电影，穿插在每个零碎的夜晚，在某个泪水淋淋的早晨，我在电脑上敲下了这段支离的梦境，从此之后，就再没遇见过他了。在这虚实的交替中，我已经懒得去区分真假，我更愿意相信这幻境中的感情是实实在在的真，就像柳梦梅和杜丽娘“情不知所起，一往而深，生者可以死，死可以生，梦中之情，何必非真”。

情不知所起，一往而深

这里所有的一切都模模糊糊，天黑压压的，我在走一段路，一段很长的路，走进一条狭小的弄堂时，我感觉自己几近不能呼吸。整个巷子要把人夹碎了一般，左右高高垒起的红砖墙夹着一条小道，巷子很窄，窄到只能一个人紧贴着两边的墙才可过去。

这种压迫感促使我不断加快步伐，为着能早点逃离这巷子。快要走到巷子的出口时，突然有双手从我身后牢牢地拽住我的胳膊，吓得我几乎要叫出来。他用手捂住我的嘴，在我耳边轻声说到“前面有日本人”。

人一旦进入梦境，很奇怪，你不会考虑事情的内在逻辑性和合理性，你会不由自主地置身其境，就此理，我被情景带入了……

我的头紧贴着他的胸口，他的呼吸急促而有力，以至于我的头也随着他的呼吸声在他的胸口起起伏伏。我看着巷子口外面的世界，那里硝烟四起，日本人拿着刺刀在街道上肆意穿行；那里横尸遍野，一个小孩在竹篓里不幸被发现。随之而来的便是一阵枪声，鲜血从竹篓里向四周晕开，最终和街道上的红融汇在了一起。我的腿脚已经软掉了，只是抓他的手却不敢有丝毫的松弛。

“他们在找女人！”说完，拉着我便往回跑，我仿佛抓住了一根救命稻草，紧紧地拽着他的胳臂，拼尽全力，跟随他的步伐不停地向前奔跑……

他带我进了一所大房子，那是他的家，相比刚刚走过的那场血雨腥风，这里恰是另外一副场景。他的家很明亮，阳光透过落地窗洒在地板上，一只大肥猫懒洋洋地躺在地毯上晒着太阳，“咕噜咕噜”地享受着这份惬意。随着我们进门后“咔嚓”一声的关门声，它微微睁开的双眼才又缓缓地合上。

他妈妈和三个妇人在打麻将，见我们进来，便说了句：“呀，你同学来了——”我和她简单问候了几句之后，便随着他的牵引离开了，他妈妈继续回到牌局的说笑中，她的笑声就像她整个人一样，洒脱而自然。

我随他上了阁楼，他的房间里有一个巨大的书柜，一眼望去，全是书。我想他应该是爱书的，他招呼我坐下，便出去了。他走的那一刹那，我的心突地一下也空了，独坐在这空旷的房间里，孤独紧张感迅速袭来。想出去走走，但又因紧张怕跟他妈妈搭话，单坐在这里又略显尴尬，我想要不就在他房间走走吧。我走到窗口停了几秒不知道要干什么，又走到他的书柜旁，书桌上有好多稿纸，我怕弄乱了他的物品，就又回到自己的座位上。

过了一会儿，他回来了，没有再提今天在街道上的事，只是简单地闲侃了几句。他很幽默，总能把我逗笑，而我就略显笨拙了一点，平时挺闹腾的，在他面前反而一句话都说不出来了。

在这种甜蜜之中，我醒了，此刻是凌晨 3 点多。所以，我还是有机会再次遇见这个男生的。但是，梦终归是梦，它不是电视连续剧，他不会因为是个美梦就会连续给你上演。不过，总还是得要抱有希望，这不，在第二个梦境，我又见到他了……

这次我是在老家后面的一片树林。这个树林每次出现，都会带着一种阴森感。他站在我的对面，鲜血浸透他的白衬衣，远远地注视着我：“你去哪儿了，为什么一直找不到你，你知道你的处境有多危险吗？”他的语气突然变得严厉，说完，便倒在了地上，我的心也跟着咯噔一下掉到了地上，我痛哭：“这里到底发生了什么？”

“这里有恶鬼，你不应该出现在这里。”

“这是一场梦，世界上根本不可能有鬼，都是假的，这不过是在我的梦境里……”我的话似乎并不能传达到他的耳朵里，他伏在我的耳边低语道：“快跑！”

就在我扭头转向旁边的一刹那，一张白森森的脸不断地被皮肤里渗出的血一点一点染红，她瞪大了黑洞洞看不到眼白的眼睛，直愣愣地盯着我，见我看着她，她便不断地向我靠近。

他拉着我的手开始了一路狂奔，带着我翻山越岭，从这座高高的山头又飞向那座高高的山头，最后停在了海边。他给我服下了一粒药丸，便又带我潜入到了海底。这片海没有鱼，更确切地说，没有任何动物，植物也少些，只有海带，茂密丛生的海带。在穿过海带丛林之后，我们停脚的地方是个被岩石环绕的山洞。这里什么都没有，昏沉沉的，什么都看不清。

“你……现在安全了，她不会……再追你了！”他孱弱地吐着简短的话语，血却不停地流着，说话的气息也越来越微弱，渐渐不可闻了。我搂着他，鲜血渗进我的衣服，透着彻骨的冰凉。看着眼前的他，我感觉整个人瞬间都被掏空了。眼泪把我的视线遮得严严的，我想努力看清他的脸，我用力揉开泪水以恢复清晰的视线，下一波眼泪却又不断地涌出来，一波接着一波。就这样伴着一阵阵的抽泣声，我醒了。

醒来过后，良久不能平静，我随手拿起床头的镜子，发现眼睛已经肿了，看着镜子里狼狈的自己倒觉得好笑，笑着笑着，竟开始怀念那个男子。人说心里一直想着某件事情，晚上一定会梦到，于是我不敢稍稍放下思念的心情，可是连续两晚、三晚、四晚以及后来的很多天再没见过他。他仿佛随着那一晚的死亡永远地消失了，但是我和他之间所产生的爱情却一直都在。

爱情是一场童话

爱情是什么？我想我已被那场梦弄得明明白白了，就像汤显祖在至情观里所认为的，你会遇到一个人，可以为他生为他死，开始演绎一场你自己都不敢相信的童话。

真真假假，假假真真

我崇拜一种职业，即编剧，他们用自己天马行空的想象力呈现着一段段匪夷所思的故事。在他们的故事里，我们哭，我们笑，仿佛自己就是故事里的主人公，跟着编剧的步伐把人生换种方式再活了一遍。

唐七公子的《华胥引》是重构人生的最好幻境。故事中，多少人为了寻求另一种活法，愿意一睡不起，永远停留在华胥幻镜中，在这里生，在这里死。然而，作者却把这种幻术看作是不祥，快乐是生命的第一要义，失去了快乐的人生又岂能算生？所以，我倒认为这一曲华胥引倒是解救痛苦生灵的良药。

小学造句，最喜欢将人生比方成一场梦，以至于现在我倒真搞不清，人生究竟是不是一场梦了，毕竟梦境中所经历是那样的真切，也许那一个梦境是真实的，而我现在所经历的却是梦了。

这段时间被那两个网络流行词来回击打——“宁缺毋滥”和“宁滥勿缺”。前者阐述的是对爱情的等待，后者则是与孤独对抗后的失败，两方对抗下的结果是，依旧痛苦。倒不如《大宅门》里唐幼琼来的洒脱，唐幼琼因爱戏子不得，最后嫁给了他的一张照片，在感情上没有委曲求全，爱出了另一番境地。所以，我很庆幸在梦里遇到了他，让我真切地体验到了爱情的滋味。

斗　鼠

汉语言文学 1302　陈爽

每每读及《诗经》里那首诗，都会陷入童年深情的回忆，蓦然想起那些与“硕鼠”有关的令人忍俊不禁的人和事。

从小一直在乡村的生活经历，使我得以看到很多稀奇的小动物，如蚂蚁、蚂蚱、麻雀、知了，当然还有老鼠，它们都成为我儿时的小伙伴。我三四岁时，白天在窑洞的脚地上蹒跚学步，偶尔就有一只老鼠晃着滚圆滚圆的肚子，从墙根下慢悠悠地溜过。浑身灰溜溜的，四条小细腿支撑着一个肥大的肚子，两只削尖的小耳朵、尖嘴巴，胡须一翘一翘的，两只绿豆似的小眼珠滴溜溜地转，稍听得点声响，或一溜烟地飞蹿，或张望而泰然自若，狡猾中充满了媚态。

在我的家乡——渭北澄城，乡亲们住着古朴厚实的窑洞，里面宽敞明亮，冬暖夏凉。许多人家秋收的粮食没有粮仓粮库存放，就用尧头窑烧制的大黑瓮装起来，或者用蛇皮袋子装包囤积在窑洞的后掌部位，然后在粮瓮边上隔道窗帘，前边用来住人。我家也是如此。老鼠追着粮食跑，有粮食的地方就容易生老鼠。每当乡村进入静谧的夜晚，大伙儿休息之后，老鼠们一大家子就开始活动了，偷偷地磨牙游戏，肆无忌惮地“糟蹋”粮食。有时还会发出窸窸窣窣的声音，给漆黑安静的窑院平添了几分烦躁。一到这时，我悄悄问母亲：“是有老鼠吗？它们在偷咬我们的小麦和玉米！”不久就听见母亲大声的呵斥声：“出去！找死的——”老鼠们受到突然的惊吓就惶惶逃离了。然而它们也好像一些顽皮的孩子，受到大人的呵斥时则默不作声，可人刚一离开，又猖獗起来。就在这时，母亲摸黑用竹竿有节奏地敲打着炕沿，以此警告它们——再不收手后果将是致命的。但这些方法总不能完全奏效，乡村的夜晚是属于老鼠的，它们是游荡在每个窑院里粮瓮边的幽灵。随之响起老鼠们来回窜溜的声音，末了是窑门微微的打开声。我知道这是它们要收工回大本营的时刻了。我和母亲也进入了梦乡，不再去理会它们。其实，乡里人在夜晚总要忍受这些小家伙们的嬉闹，并留给它们一定的空间。这些老鼠也像人一样，要游戏玩耍，要生存交往。它们晚上偷咬我们的粮食，撕磨我们的木质窑门，还在砖铺的脚地上打洞和邻居家的窑洞连通起来。以致多年后的一天在村口破败的窑院看到互相贯通的老鼠洞，我相信进出其中的肯定有我儿时的小伙伴。

其实，老鼠不光偷拿粮食，还拉扯一些人们日常生活的小零碎。它们的生活丰富有趣，往往弄得主人家的小孩子们胆战心惊，闻鼠色变。大人们听闻之，也是哭笑不得。

我表哥是在城市长大的，大抵没遭到过老鼠的为难。少时未见过老鼠的他，暑假回乡来我家走亲戚。他在我家里住了一宿，第二天起床穿衣服时发现自己的一只袜子怎么也找不着，便着急地哭着问我母亲："大姑，我的袜子找不到了，肯定是老鼠给拉走了！我昨晚还听到老鼠的叫声了呢！"我那时还是个小娃娃，听了觉得有点害怕，又有点惊讶，暗想老鼠居然连人的袜子都偷，我一定要收好我的袜子。后来他还向我的外婆"告状"，说在我家里丢袜子的事。有天晚上外婆给他整理衣服的时候，一只袜子却不知从哪儿掉了出来。这事传出来亲戚们都笑坏了，以至长大后见面时我还会调侃："表哥，我家的老鼠当真把你的袜子叼走了吗？"

对付老鼠偷吃粮食，村民们想了很多办法。夹鼠器就是一个很有效的工具，不知有多少小老鼠命丧其手。那时候，我们兄弟姐妹常常找来夹鼠器，去农田里捉鼠玩。我们把夹鼠器放在有田鼠出没的洞口，在边上放一些馒头或者水果做诱饵，守株待兔。有时候要等上大半天甚至好几天，再去查看时，夹鼠器上没见老鼠，却是一只全身金黄、肚子肥圆、尾巴毛茸茸的半死不活的黄鼠狼。遂用绳子拴住它的一条腿将其拽回家，把它拴在门环上，用树枝挑逗着玩儿，朝着它放鞭炮，吓得它以门环为中心，以绳子为半径四处逃窜。没玩多久，它就耷拉着脑袋，一动不动地窝在那里，可怜兮兮的。我们都以为它不行了，就想着还是算了，放过它吧，就不再理识。哪知过不久，门环那地方再没它的影子，只有半截绳子耷拉在地上：它是咬断绳子逃走了。原来它的"死"，是装给我们看的。好狡猾的一只黄鼠狼，我们是既恼恨，又惊叹。

如今，已不大能见到老鼠了。但童年那些与鼠"争斗"的日子，简单而快乐，令我怀念。

灵的自由

汉语言文学1302　陈子涵

我躺在柔软的棺木中，身体很轻，意识很重。我看到三三两两零星的人，似乎在看着我，似乎又在互相交谈。

其实我是舒适的，虽然你看起来我仰面躺在棺材中，气息全无。但我又确乎没有死——如果按照人类的存活状况以灵魂存在与否来判断，或者说，按照现代医学的观念来看我已经在生理上去世了，但我自己依然愿意将我自己定义为存活的状态。嗨，你要问我既然活着为何还只能躺在这里，那当然是因为我愿意这么做啊。与外面的世界相比，这里更好，他漆黑——利于我抓捕到自己的思想；他密闭——让我觉得安全。这小小的空间、静谧的空间，全然是我的，不会再有其他人来打扰。我躺在这里，知道这块木板是由什么木材拼装起来的，杉木或是柏木；也知道哪里有蠡虫在蠢蠢欲动，随时打算入侵已经衰败的躯体，甚至还能闻到这堆寿材上面的油漆味儿——这是一个挺新的棺材。

我确乎是不能掌控我的肉体了，似乎我的命令不能再使小指哪怕轻微地颤动一下，其实这也没什么，我并不认为我丧失了一项至高无上的权能。生存这回事嘛，总是要为身体奔波的。他饿了需要你去寻吃食填饱，他空虚需要你来找人抚慰，他要住舒服的房子、穿挺阔的衣服、找体面的配偶，他贪婪、低级、肮脏又无休无止。哎，这就说到我现在的好处了不是吗？我问你从生下来后何时像这般自在过，不为其他的东西，不为了满足肉体无休止的要挟，不为了努力地维系繁复错乱的关系。就这样，像现在这样，好好地想想单纯属于我自己的事儿——无关乎那个肉体，但就现在还清醒着的这个我的事儿。

我多么高兴啊，简直兴高采烈，要是我还有肉体我就要抚棺大笑。我苍老的父母啊，你们掉什么眼泪呢，没有我对你们双方的牵绊，难道不是可以让你们更好地分开过自己的生活吗？俊俏的恋人啊，你也不用为我悲伤，爱的本质讲透了说穿了难道不是互相索取吗？你大可不必掉泪，反正日后的你想必也依旧会与他人相爱。至于这三两而来的朋友，你们更不需流泪了，谁的好友没有三两人，一人缺失了，也算不得什么打击。倒是你们，到现在还是要为了尘世的关系而满目悲切、泪眼婆娑。噢，我生前的关联者们，真希望你们也能如我这般，尝尝这静谧的美妙滋味。

我依旧在这躺着，享受着我小小却又珍贵的安宁，你们不要到我跟前来讲话啦，聒噪得紧。我知道这个决定很匆忙，吓了你们一大跳吧。你们失落伤神的样子，哈哈，以往不都是很强干的人吗，快振作起来啊。

算了，他们依旧是低等的、为关系和情感所束缚着的庸碌众生中的一员，让我来好好想想我今后要怎么享受余生。没有了肢体的困扰，可以不眠不休地做自己的事情了。首先我想先去一趟埃及，希望金字塔的主人愿意接纳我这个他乡的陌生人。他去世得那么早，多年以来想必很寂寞吧。嗯，我记得埃及在西边，还要再靠南一点，没关系，慢慢去吧，反正时间还很长。那么现在就走吧，我坐起身，但是震惊地发现无法起身。惊惶，虽然没有知觉但这不代表我不愿意移动，难道我要永无止境地附着在这里吗？一个暗无天日的棺材里，一个开始腐败的躯体上！我不断尝试坐起来，哪怕动动手指也好，可是我似乎整个躯体都消失了，只能感应到头脑里面飞速旋转的光影，和我想象的不同，伴随着躯体死亡，灵魂似乎也被禁锢在这里。我无比清晰地意识到，我的自由再一次被禁锢了。那么好吧，有什么不用动的事情是我可以做的呢？看书？我的脑海里面背不出来这样的一本书。绘画？我没有这样的工具。自己想一部震惊寰宇的小说？没有素材，没有人看。是了，现在的我，没有世界了。我突然开始恐惧，我以后拥有无限广阔的时间，但我一个人，一个没有任何素材的空洞的棺材，难道我以后的乐趣，是数着生前躯体上的蛆虫度日吗！不，我本应享受孤独的，我摒弃了一切的关系，挣脱、逃离，却陷入了更大的空茫。我没有意义，没有价值，我想要流泪，可是我的泪腺已经干瘪了，我想要嘶吼，可是我的声带已经干涸了。我发不出一个音节，我惊不起一粒尘埃，我无法毁灭，更无法创造。我什么都没有了，除了无休无止的生命和颠倒错乱的思维，我一无所有。那么再往后呢，当我的父母有了新家，当我曾经的恋人朋友已有家室，当他们慢慢想不起我，当他们渐次死去……我所有存在过的痕迹都已消失，但我依旧存在着，在这漆黑冰冷的棺木中，甚至连冰冷都感受不到。我是已然要疯狂了，这哪里是我追求的高级意识，这是一个永无止境的牢笼。我回忆起了曾经有躯体在的日子，有狂欢，有暴怒，有舌尖上的悸动，有肉体上的欢愉。是愚笨的我厌弃，然后拼命逃开的美好世界。我绝望着，愤怒着，懊悔着，然而这一次，我再也没有任何反抗的机会。

直到盖子再一次被打开，天知道我心中的狂喜，快让我再看一眼你们，在你们还没有忘掉我之前，让我再一次看看天空、房屋，以及空气中涌动的风。这些是我曾嗤之以鼻的，但是对一个亡魂来说又是触不可及的美好。我被送到了一个房子里，那人动作挺粗暴的，但我反而觉得挺新奇，有点羡慕这样生动的力气。我突然意识到了我的归宿是什么，我惊叹于自己曾经的痴傻，但又总是稍稍松了口气，这也许是蠢笨的我最为幸运的结局了。

焚烧炉的门已关上，头顶的刀片扬起来了。

袖珍椰子

汉语言文学1302　童飞

教室窗台上的袖珍椰子在寒风中傲然生长，叶子翠绿，枝干挺直。

不知从何时起，对植物的喜爱超过了动物，猫狗的灵动乖巧固然留在心中，可是越发喜欢藤草竹箩的稳重和安宁。若说动物是水，奔腾流动，那么植物岂不是山了，峃然而若有所思。圣人曰“智者乐水，仁者乐山”，聪颖和仁德竟与我这个凡人扯上关系了，这种逻辑不禁让我发笑。

春夏之交时，我和朋友从校园里的摊位买来两盆长势相当的植物，那翠绿模样特别招人喜欢。朋友还请教老板培养方法。我想到植物很好养活，漫山遍野的树和草没人照看不都长得挺好。植物能够野生，宠物方需家养。猫狗离开了人可能过得并不精彩，而盆栽给它些水分和阳光，它就能给你大片生机。老板的看法与我一致：“不要暴晒，隔两三天浇点水就行了，很好养活的。”欣喜之余，都忘了问老板植物叫什么，走到教学楼了又返回去，得知它叫“矮竹”。

称作矮竹，是因为它叶子的走势和形状类似竹子，但其个头要比竹子矮很多。矮竹原产墨西哥，常绿小灌木，还有矮棕、幸福棕、袖珍椰子、袖珍棕等称谓。我更愿称其“袖珍椰子”，“矮小”换成“袖珍”岂不更有意趣。清代钱塘诗人汪沆作诗云：“垂杨不断接残芜，雁齿虹桥俨画图。也是销金一锅子，故应唤作瘦西湖。”一个“瘦”字将扬州西湖清瘦的神韵表现到极致：一泓曲水宛如锦带，如飘如拂，时收时放。“瘦”与“袖珍”都倾注了人的喜爱之情。

买来以后，它就成了我复习之余的玩伴。早上浇完水开始看书，盎然的生机给我带来了动力；书看累了，侧过身子静静地观赏会儿，一盆绿色带走我一身的疲倦。时间长了，盆里的土开始板结，水分难以下渗，我就找来细木棍翻土，仿佛在经营着我的“一亩三分地”。袖珍椰子的根部能顺畅地呼吸了，就长得更加茂盛，我的心情也随之欣喜万分。

五月恰巧我和朋友都有事，我因母亲住院回了趟家，一路上的天空都是灰色的。大清早赶去火车站，忘了把袖珍椰子嘱托给同学。母亲病危，姐姐、姐夫从千里之外赶来，一家人竟然在医院里“团聚”了。前三天，我几乎没有睡过两个小时以上的觉，神经紧张到难以入眠的地步，时刻警醒地守候着母亲。医院一楼缴费大厅居然也有两盆袖珍椰子，不用说比我小花盆里的胖了很多圈。一大一小，生机勃勃。生长空间的大小并没有影响它们吐纳枝条，绿色依旧醉人，生命仍然值得敬畏。

回校途中想得最多的就是袖珍椰子，新芽冒出来没？叶子枯黄没？土壤皲裂没？各种疑问充斥脑海，内心充满了期待。到校时已经深夜，第二天早上直奔教室，连饭都忘了吃。袖珍椰子还在，只是有些干瘦了，枯黄的叶子就像我枯黄的脸；盆里的土炸开了一道道裂缝，我不自觉地摸了摸额头上的皱纹——我们都遭了“灾”啊！我又开始浇水、翻土，只过了一天一夜它竟然又绿了回来，“春风又绿江南岸”的感觉原来竟是如此。但是好久我都没有走出母亲重病的恐惧，我对生死的领悟还远远没有达到史铁生那种境界。“死是一个必然到来的节日”，这该是需要多么豁达的胸怀。连植物的荣枯我都提心吊胆，况且是人的生命，我害怕万一哪天……

袖珍椰子在我的照料下，由春到夏，经夏入秋，活得很精彩，嫩条冲出了一个又一个根，叶子越发修长，彼此交织成片。倘若根部放上几只蚂蚁，梢头飞来几只鸟雀，岂不成为一片热闹非凡的森林了。东坡游赤壁的情形尚能形诸核桃，想必草木世界也能见于我的花盆吧。

考研日期越来越近，复习任务依旧艰巨，免不了人心惶惶，对未来的担忧时刻萦扰在心头。周六早上一个人在教室，英语阅读做着头疼，对完答案更让人难以接受，怎样认真都换不来稍微顺眼的准确率。政治书、专业课本塞满了抽屉，长叹一声，用完所有力气伸开双手，气愤到眼睛都不想睁开。第二声叹气还没出来，就传开了花盆掉地的声音，瞥眼一看，面目全非……我拍桌而去，刻意窝在床上睡到了下午。

周日的太阳还是升起来了，依旧透过窗户洒进教室，照在考研党的身上和英语真题上，仿佛昨天什么都没有发生，阳光还是那么温柔。

花盆的碎片到处都是，兰花的图案已经拼不全了。袖珍椰子根部的土全都摔散了，根须清晰可见，枝叶断了一些。看着看着，我心疼了起来，赶紧回宿舍找了个敞口的大杯子，在校园绿化带里挖了些土，重新给它安了家。那次并没有成为“劫难”，袖珍椰子顽强地活了下来，姿色依然。天气渐渐变冷了，但这对于常绿灌木来说算不了什么，更大的风寒还在后面呢。

暮春买来时，已经错过了花季。来年春天，不管什么样的结局都该出来了，我一定会看到它开出嫩黄色的小花。

寻找苏三

汉语言文学 1302　刘甜甜

苏三失踪了，悄无声息地失踪了，已经好长时间了，才被小罗第一个发现。

此时，她正站在空荡荡的宿舍，身子抖个不停。因为恐惧，她的瞳孔紧缩，双手维持通话的姿势死死捏着手机，青色的筋脉清晰可见。“没有，竟然都失踪这么久了……”小罗回忆着刚才电话里的内容。

“哎呀，你说苏三啊，前几天不是还见……呀，你这一说好像还真有半个来月没见过了。你倒是说呀，急死个人了，我马上回去！”

接电话的是阿悄，宿舍五个人里只有两个常住，另一个是苏三。阿悄挂上电话，火急火燎地给老板请了假往学校赶。她回到宿舍时，小罗已招呼另两个租房在外的舍友回来——珠儿和青青——这会儿正围在一起各自打着电话询问。

“小罗，怎么回事，苏三怎么会失踪呢，不能够啊，她刚签了工作的，你们也没见过她吗？”阿悄是个风风火火的女子，她刚进宿舍便机关枪似的朝舍友问道。

见阿悄进了门，宿舍里三个人纷纷放下电话。她们已经向楼里其他学生确认过了，最后一次见到苏三是在十二天前，情况比她们想象的还要复杂。

珠儿和青青缓缓摇了摇头，把她们刚得到的消息告诉阿悄。阿悄仿佛浑身的力气被抽干似的瘫坐在椅子上。

“你和她都住在宿舍，就没发现她有什么异常？”珠儿盯着阿悄，不死心地问，“你别急着回答，好好想想啊！”

三个人的视线一时间全集中在了阿悄身上，房间陷入了沉默。好半晌，阿悄颓然捂着脸，摇头道：“我不知道，我不知道……”她的声音越来越小，甚至带上了颤音。

青青走过去，抱了抱她，抬头对其他两人说：“要不在宿舍再找找，许是能发现什么。”

那两人暂时也没有更好的办法，只好又将将宿舍翻了个底朝天。这次还真让她们找到了痕迹。

它混杂在一堆草稿纸里，被揉成了一个团。几个人对视一眼，慢慢展开，是苏三撕掉的一页日记，里面写着工作被人顶替的烦恼。

阿悄气哼哼地要去找公司给个说法，被小罗拦了下来。小罗拿不准这跟苏三的失踪有没有关系，若是有关……其他人显然也很快想到了这点，皆是一副脸色发白的样子。

“怎么不告诉我们呐？怎么就不告诉呢？对了，她男朋友知道不？”阿悄这会儿真是没了捉拿，都不知道自己在干什么。

“提起这个我就生气，我和青青刚没商量好，都把电话打到她男朋友那。好家伙，他一上来就是：‘她失踪怎么都给我打电话啊？’他妹的，要不是他是苏三男朋友，鬼找他啊，这说的是人话吗？”

“那她父母那呢，也没消息？”

“叔叔阿姨说没回去，还奇怪这还没放假呢，怎么就问到家没。我们也就没敢多说啥。”

距发现苏三失踪已经过去了五个小时，看着窗外黑透了的天空，几个人面面相觑，商量着还是先休息，明天一早就去报警。躺在床上，四个姑娘无心睡眠，内心一片焦灼。阿悄大概是几个人里思想负担最大的。几个月来，她与苏三的接触是最多的，却丝毫没发现苏三的反常。若苏三真出了什么事，她一辈子也原谅不了自己的疏忽大意。

一夜无眠。早上六点，姑娘们被一阵急促的电话铃声吵起来。来电显示的归属地是西藏，阿悄迟疑了下按下接听键。

“喂，阿悄——”

是苏三！苏三打来的，阿悄一阵狂喜，语无伦次地告诉其他舍友这个消息，顺手开了免提。几个人也一下子全围在手机旁边，七嘴八舌地吵嚷开。

“苏三，你死哪去了！急死人了知道不！”

“苏三，真的是你！太好了，我都要哭了！”

“苏三……”

待确定了苏三的安全，众人心里的石头也终于落地，也有了谈天说地的兴致。苏三打电话过来是拜托大家将自己的毕业证等邮寄过来，她要去流浪。几个人听得目瞪口呆。

苏三说，起先没了工作她只是想出去散散心，不想在火车站看到了西藏的宣传片，便头脑发热地决定去西藏。到了西藏，她看到很多朝圣者三步一叩五步一拜地朝布达拉宫行进，受到震撼，便也下了车，与他们结伴而行。期间，苏三受到很大冲击，她突然找不到生活的意义，哪怕是虚妄的。

从小到大，苏三是个乖孩子，她从来不用思考下一步该怎么做，只是按部就班地读书，考试，升学……她现在毕业了，那么接下来呢，工作，嫁人，生养小孩，再让孩子继续重复这种生活？苏三知道自己陷入了一种危险的诡辩，但她却说服不了自己走出这诡辩。人常说读万卷书，行万里路，她的书读得够多了，却还没出过自家省份，或许是该出去走一走，见一见世面了。

苏三给了自己一年的时间，要去看看真实的世界是否如过去别人告诉她的那样，要去看看自己按部就班的十几年是否只是别人强加而来的符号……苏三不在乎自己是否能找到答案，只是受不了自己的浑浑噩噩，她想找到另外一个不是今天这样的苏三。

放下电话，众人一时无言。

家庭风波

汉语言文学1302　白露

夏至，午后的阳光炙烤着大地，空气好像在燃烧一样，随时可以喷出熊熊大火。那些绿色呢，已经被燃尽啦，蔫巴巴地站在那里，没有了一点新意。蝉不知疲倦地在那些绿色上跳跃着，鸣叫着，想尽自己的最后一点力气让这个夏天变得有生气，可是却多了些莫名的烦躁。

“反正我不管，我们姐妹也不该管，家中就凡一个男人，家产也是他得了，他不管老人谁管？”老大香先说了。接着老二霞也说话了：“我们家中孩子好几个都养活不过，怎么管，没有这个能力！”

……

姐妹五个一个个陈述自己的难处，大家一致指向凡。沉默了半天的凡开口说话了：“你们不管，我来管，再累我也认了。”说完头也不回地走了出去。凡是一个老实巴交的人，平常也不太说话，待人真诚。有时人们会觉得他傻，但他却很开心，过着本本分分的生活。凡的第一个妻子十年前因病去世，留下四个孩子。

后来家里又给说了一门亲，对方是个寡妇，也带着四个孩子，就这样结合在一起，凑合着过。承担着养活八个孩子的重担，还得赡养父亲，他的担子更重了。

自从他们的父亲生病后，这争吵就没有断过。父亲以前是村长，也是老党员，村里的大事小事都得由父亲做主，村里的人都很敬重他。后来患上脑溢血，无疑被判了死刑，行动、说话都成困难。刚开始，姐妹几个经常来探望，渐渐地，她们觉得没希望了，也厌烦了，就不想管了。小时候，父亲特别疼爱她们，经常领着她们出去，买好吃的、好玩的，没少在她们身上操心，大事小事都替她们扛。为了自己的孩子，吃再多苦也无所谓，可没想到，到头来，却是这样一种结局。父亲要是知道了，该是多么伤心呀！可怜的凡，家中情况已经如此窘迫，该怎样才能承担起这重担呢？

凡走过一条条小路，回忆着往昔的时光。每当空闲时，父亲都会带着他们几个，走过一条条小路，穿过林荫去集市，去河边玩耍，一家人在一起的时光是温馨的。回忆着那美好的画面，嘴角不禁露出一丝微笑。马上就要到家了，可是还没想好怎么对妻子说，嫁入这个家十年来，妻子没有跟他享过什么福，衣服也没买几件，她也从没抱怨，一如既往地跟他过苦日子。他感觉欠妻子很多，所以尽量去弥补，夫妻感情一直很好。这次，又怎么开口呢？

“凡，你回来了，赶紧洗手吃饭，饺子马上就要出锅了。”看着在锅边忙碌的妻子，他不禁心里酸酸的，不知从什么时候开始，白发已经爬上了她的头，岁月已在她脸上刻下一道道印记，她往昔窈窕的身姿如今已有些佝偻。他好久没有这样静静地观察过妻子了，整天那些忙碌的农活和家中琐碎的事已不容他有一丝歇息的机会。妻子转过来看见了他正注视着自己，相视一笑：“傻站在那干什么，快过来端饺子。”他忙过去，捧着爱心饺子，咬一口下去，里面的韭菜和鲜黄的鸡蛋就呈现出来了，虽然舍不得买肉，但这已经是最好吃的了。他顿了一会儿，觉得这件事不得不说了。

“那，那个……”话到嘴边，可就是说不出口。

“咋了，今天怎么吞吞吐吐的，有什么话就说呀！对了，今天你和姐姐们商量得咋样了，到底怎样管老人，是我们轮流管还是都付钱找人管呢？”

“我，我正想说的就是这个，姐姐们说家中困难，管不过来，让我们管。”他说的时候，小心翼翼地看着妻子，可怜的妻子已经承受了太多，他不想让妻子再受伤，可是……

“什么？”妻子的脸色变了，空气好像瞬间静止下来，“凭什么这样呀，姐姐们也太不讲理了，老人六个孩子，每个就应该分担一点，赡养老人是子女应尽的义务，她们凭什么只推给我们，我们担子已经够重了。”妻子都快要哭了。那一刻，他从妻子脸上读到了另一种东西——对人性的另一种认识。说完，妻子就放下碗，也不吃饭了，扛个锄头去田里了。凡心中充满愧疚，担子已经够重了，他又在妻子身上套了一个枷锁，这把锁也锁住了自己，没有一点喘息的机会。

姐姐们那强硬的态度已无交涉的可能，她们始终认为应该男娃赡养老人，她们已经嫁出去了。

又一次家庭会议展开了，这次妻子也参加了，姐姐们还是那样的态度，但答应定期过来看望老人。一个个都在倒苦水，诉苦恼，说家中孩子多，还有老人要养，顾不过来。这时，妻子说话了：“既然你们不想管，也不想掏钱雇人照看，那好，以后父亲过世了，你们谁也别进我家门，我们不欢迎！”大家顿时沸腾了，你一言我一语，说她不该这么做，房间里的吵闹声炸开了锅，伴着窗外的蝉声，和着夏天的烦闷，令人聒噪不安。忽然，里屋传来一阵声响，他们赶紧走进去。看着眼前的一幕，一个个都傻眼了：他们的父亲已经咽气了。看得出来，临死的时候想叫他们，却无能为力，慌乱中打碎了一个水杯，那垂下的手臂显得多么的无力。

窗外，蝉在继续嘶鸣，似乎要唤出一个夏天的燥热。

水牛城

新闻学 1301　毕海娜

D 篇

离开北京已经三个礼拜。分到苏州实习的只有我和舍友张。就当是一场限定地点的旅游。只不过支付费用的方式比较原始：在派出所象征性地打打字，输入形形色色案件的原始信息。现在是四月，已经是大三下半学期。因为来自帝都，又有公安学校的头衔，最起码不只是端茶送水换换饮水机的角色。我们俩偶尔还可以在属于四五十岁的案件分析中插进几句话，随即被一句“很有想法”打发。

我不是很喜欢苏州。到处都算景点的地方没有什么吸引力。我们的派出所所幸处于一个开发区。没有呢喃招揽旅客的细瘦景点，也不是鸡毛蒜皮案件频繁的老街道。周围大部分都是工厂和安置工人的没有过多园艺修饰的小区。理智又冷淡，有点像上海。我们俩被安置在派出所内两层平房中的一间。风声没有现在紧的时候，这里曾是所长休憩的地方。有床，有淋浴，有个阳台。但到周末舍友张还是立马飞回天津找他男朋友。对方是个三十多岁的工程师。我们其他人从来没有见过他。在北京的时候，他每周都过天津找他的“伊万”。他是我们中唯一一个盼望开学的人。

所以一有空闲时间我还是一个人待着。我强迫自己对这些理所应当的却不属于我的诗情画意产生独特的情绪，好在晚上她快要睡觉的时候发微信过来。其实我几乎每次都是第一时间看到她发过来那些可爱的话，好听的歌。但我从来都不会第一时间给她回复。倒不是吊胃口或者摆姿态，也不是想营造我很忙的感觉，就是不想和她一问一答式的即时互动。我只想我们能编辑一段各自生活的下定义式的有趣或者新鲜的事情。然后像留下证据一样发表在对方的世界。证据呈现的会是事实。于是我的一天可能过得就像发给她的那些话一样有着颜色和不同寻常的地方。她的观点态度或者她的生活通常我都不会仔细去看。闲暇时候，我也只会盯着我的对话框发呆。我怕她离我太近。

她没有来过南方。上的是北方的一所二流大学。我记得她曾经提过要是考研就会来南方的决定。可是，注意，她说的是要是考研。一份连自己到底要不要考研都没有肯定语气的糊涂，可能支撑她到现在都能容忍得了这样的我。

我们俩不是恋人。这是我们俩认识的第六年。短暂的高一前后桌说话没有超过二十句。她一直是一个不说话时高傲狡黠，一说话就会露怯的人。我记得刚开始有很多人追她。我们中曾经有男生打赌和她说话超过五分钟就买全班男生的水。她只是用发红的耳根背对着我们的起哄。有一次我在学校外面碰到她和一些从来没有见过的男生眉飞色舞地说话。她笑的声音比课堂回答问题时都大。她的神色与她的漂亮终于相衬。这些年我想起她仍然是那天那张五官都很大的脸。

我知道她是一座活火山。我在等待岩浆的时间里按部就班地过着我的生活。分科后路上只碰到过几次。但我们俩都铁了心不想打打招呼或者目不斜视地超过。我们放慢或加快的频率一致而暧昧。我又看到她发红的耳背。上了大学大家都开始用微信，我们突然开始聊天，分享喜好。就像认识多年没有中断过联系的好友。

她对我的喜欢纯质到让大部分人难以相信。正是因为她的沉默才让我和她之间越来越坚固。到底是什么在坚固？可能是我的自负在坚固。她不吭气儿，从来不对我说一句暧昧的话，不提任何要求。这让我把自己也当起一回事儿来。好像我真值得她这样耐心温和似的。我有时恨不得她讲一些让我别扭或者难堪的狠话。好让我要么和她好要么停止她对我这种鸦片式的入侵。我试图几个礼拜没有主动找她说话。果不其然她的沉默像一个螺旋又让我败下阵来。

我肯定不爱她。但是她对我来说就像一个机会。可能将我从这些乏味中拯救，也可能把我推向这些乏味。只要靠近一步，她就是拯救我的真爱。但可能也让我之后就活在火车站的自动取票机，小旅社里不干净的床单，人群中的手挽手，外国节日的糖衣。或者更严重的，讨好她的哥哥或者她讨好我的继父（总之就是一片讨好声），我开心得有点愚蠢地盯着她给孩子喂奶，清晨街亭的太极拳。更要命的是，我觉得我会很开心与她一起经历这些生老病死。我相信她有那个魅力。每次我拒绝走近她之前，我都会想起她那天那张夸张而妖气的脸。

我从苏州寄了一张明信片给她。她喜欢这种原始克制的东西。我每每去一个地方都会给她寄张明信片。总得有一些来回的东西，不然一味总是她的正派这会让我们虚伪的联系失衡。读到第三年结束，我已经明白公安大学出来的其实都是预备流氓。没有部队或者国防生一棒子打死的洗脑式严苛。但又不是普通全日制的完全放松。我们把时间浪费在洗脸盆里，浪费在牙膏牙刷上。早中晚走正步的脚还没有军训时绷得直。然而我们又不一样。这身漂亮只是没有肩章的警服是我们的校服。我们身上就是这个国家的气质。假正经也是一种正经。她也许看穿我的假正经，也喜欢我的假正经。清醒的时候我恨我这样耗着她，这样想的时候我又觉得是她在耗着我。

她整天在干什么。她的简单描述又显现着复杂。她像一口井。我不知道井底有什么，但我朝里面扔石头时又有声响。只要在井口周围踱着步思考她的意图，我就有一种想跳下井去的欲望。我知道她要什么。她就是在等我跳。她只需做一口井，镶嵌在我的胃里。她太狡猾。六年来什么也没有做，带着嘲讽在我的胃里等我。

这个礼拜舍友张没有回天津。因为伊万请到年假要来苏州陪他。他的心情似乎很好，拉着我去喝大酒。最后他果然在街头刻意提高的热闹中哭了。他开始提他的父母和他的妹妹。他已经过了愤怒自己性取向的阶段。他不打算告诉他普通的公务员父母。他读初中的妹妹每次都会问假期回来的哥哥什么时候带漂亮短头发的大姐姐回来。他的语气平静地像背课文，眼泪浇灭我发问的欲望。我突然想起大一的时候有一次他出门，我们随口问他去哪。他说去天津找他的男朋友。找什么？他回过头冲我们又讲了一遍。

从那天起我们开始假装对彼此的理解，好像多好奇一句都会成为一种亵渎。他从那天起比起我们莫名其妙平添了一丝无畏。但现在他在酒精作用下开始打开他的怯懦。他说他毕业肯定要回老家，和一个条件差不多的女人结婚，然后生个孩子平平淡淡过完自己的一生。他在假惺惺可怜那个面目不清的女人的时候我突然明白，其实他和伊万也是在相互消耗着彼此。现在他像一头羚羊一样四肢朝天，是什么把他放倒好像都不重要了。在我打算打断他的话扶他回单位的时候，他突然像一个装醉的人问我：那你呢。

我有什么好讲的。我拉他起来走。他那已经没有眼泪的眼睛看着我，我知道我必须也说出来一点不一样的东西作为维持我们之间平衡的交换。他帮我做出了选择。他问是谁给我寄的那些袜子和香皂。

我说是她，是高中同学。他问我为什么不和她好。这时候的他就像一个女人。我只说因为远。在他转移话题之前我突然截住他，因为我怕他问我的家庭。

我不信感觉。我觉得事情充满变数。

但我却又觉得一切都注定好了。一路上他再没有说话。我再也不想和他单独出来喝酒了。交换秘密在这个时代只会让彼此离得更远。

晚上她发消息过来说她朋友要她来杭州玩。我知道只要她来杭州肯定也会来苏州。她每次和我见面都是在一个附带条件下产生。寒暑假我们俩也基本不怎么见面。我不知道我想不想让她来。我只能嘱咐她一句交代一下父母，可能她父母的不同意会代替我拦住她。她说她的父母已经同意了，因为杭州的朋友很值得信赖。

我这才明白了原来她只是在通知我。我们俩谁也没主动提她可能来苏州的事。一想到她可能把我刚才明显地略过，会意为我压抑的期待或者狂喜，我就愤怒难受。

接下来我开始计划她要是来，该带她去哪些看上去还挺有意思的地方，想得实在烦了我就开始想如何压减我和她之间的见面时间。要是在我的工作日来就好办了，至多是一顿饭的时间。我很怕她比以前还要漂亮，那我可能会在吃饭之后愚蠢地延时。

她在杭州已经待了两天，故意营造出一种她忙于逛吃的感觉，只是略略告诉我几个她在逛的景点名字。在第三天晚上她果然发过来我们都在等待的消息：明天我和 W 去苏州玩一天，然后去上海。不忙的话我可以过来看看你。

明天是我的工作日。我躺在床上问舍友张附近哪个馆子适合带朋友去吃。他一猜就中，理由是我没有请很好请的假去陪一个远道而来的朋友。你肯定喜欢她。他的呼噜背对着我，不想听我的解释。

我几乎一夜没有合眼。这让我对她更加生气。我怕我难看的气色让她又误解为我实习很艰苦。我在办公室输入编码时鬼使神差地开始查今天从杭州到苏州的火车表。我已经忘了我是怎么让组长给的假。也许是我的黑眼圈和他对了话。四月的苏州突然完全被夏天扼住脖子，我站在火车站开始大口大口地喘气，我盯着每一个有一个鼻子两个眼睛的人，我真想立马见到她。突然我的电话响了：

你在哪？

我在哪。我想我完蛋了。

B篇

这个车厢谁正在剥一个橙子。我感到每个人都用余光和嗅觉侦察。W坐在对面翻着背包嘟囔没有带点水果。她是一个周到热情的朋友。在杭州的三天，她的安排轻松有趣，有时候轻松也等于有趣。总之就是会留下一些入画的照片，这个世界现在只看字数或留白。此刻她又在重述接下来苏州的计划表，对着我进行自我确认。而我突然闻到一股比刚才的橙子更能打开味蕾的味道，仔细一闻还能察觉到它的变质。W问我怎么样。我说是酸奶。随即我赶紧改口说，你的计划已经很好了。

当我在车座底下找到这个空的塑料盒，抬开我放在折叠桌上的胳膊肘时，心里除了对这列火车的清理工作有些质疑，更多的是对扔酸奶盒的人的好奇。放在折叠桌上的小铁盘本来就是用来盛放垃圾，比起水平线轻盈地置扔在地上，还要佯装不经意用脚拨弄到车座底更能引起人注意吧。那他必定是只带了一个酸奶又实在忍不住想喝，同行的人去解手的时间里他狼狈地喝完，狼狈地扔掉，怎么也不会想到发现者竟然是下一个乘车的我。想到这我不禁笑了一下。于是W终于发问了。

我就知道你又没在听，要见到他了就笑得像一个快要散的蛋黄。来杭州也只是为了见他吧。

不是早就约好来杭州找你玩吗?

那你为什么挑这个时间来。

我猜她这句话一定憋了许久。一年前他说四月份要来苏州实习，我几乎就是在看到消息的第一时间向W确认我今年四月份要来杭州找她玩。记得那天我立刻去买了那双心仪很久的鞋。可是这次我也没有穿来。对啊，怎么竟然没有穿那双鞋来呢。突然这股期待从脚底开始燃烧不耐烦，就像以前冬天受冻后被外婆轰到火炉前，冲着挠痒痒一样的火温浑身发抖。我当时想，要么睡到这簇火焰中，要么踹翻这股居高临下的暖意。要么，就还是回到被外婆叫回家吃饭前的寒冷中去。我的注意力无法集中，也许就是从那个冬天开始正式成为一种毛病。

我和 W 是很久的朋友。我在她面前想怎么混蛋就怎么混蛋。我依赖她是因为她像我的牙刷一样接纳我。至少我走神的时候她不会和别人一样生气。有时候我想她可能把离异家庭里缺席的母爱自己进行再想象放在了我的身上，我可能是她满屋子里的洋娃娃里最不精致却最得她欢心的那个。

看到我没有回答，她问我是不是直接会去找他，还是先一起逛到中午我再去他实习的地方。我说我们还没有联系只是说中午会一起吃饭。W 会在旅馆等我回来。我们俩打算在苏州待两天。他没有问你吗？ W 又问。

其实我也明白他害怕我来大过希望我来。即使这六年一直没有什么进展，但我和他一直是彼此生活中沟通最频繁的异性朋友。所有知道我们故事的人都会像哀叹汲水的水牛一样称赞我们的般配。所有人都把我们的现状推脱给了时间。但我能解析出一股恶意。这样耗下去的结合是非你不可还是因为只剩一个选择。我不知道他和我趋于一致的进退是不是出于和我一样的顾虑，进度一样的平行线暂时让我们靠拢取暖。我对他的注意力也不像以前一样集中了。

有一次，暑假他要来我家找我。我记得他就坐在沙发上被母亲和外婆的热情围攻。我的外婆都快把他的头塞到西瓜里面。我拖延着出门时间躲在卧室里回想他此刻困窘的表情同时感受自己的咚咚心跳，我闭着眼睛竭力集中注意力，想记住那一刻的感觉。直到沙发上他的头变成了我父亲曾经那张年轻局促我从来没有见过的脸。那天外婆闭着眼睛午睡突然笑出了声，转过脸冲着我的妈妈又念了一次我的小名。

从我家出来，我们俩走了很远的路，也一直在讲话。从高一到现在认识六年从来没有单独待过这么久的时间。除了对我的家人无可挑剔这唯一的共同话题外，大部分时间他都在讲他警察大学的生活。一开始我还试着将他的生活转化成一帧一帧截屏，后来我实在无法集中注意力，但也想继续维持我感兴趣的表情，于是我开始回味刚才躲在卧室的心跳。我低着头他无法发现我已经散瞳的眼。后来我隐约听到他重复了一句什么。原来是问我喜欢什么电影。我突然感到有点好笑。事实上好朋友是不会问你喜欢什么讨厌什么的。因为他们不在乎也不想知道。就算问了也不会得到什么有意义的答案。一个人真的能确定自己的喜好甚至有足够的底气讲出来吗。人和人之间珍贵的地方就在于，在一起说一些不怎么准确但是听上去有道理，能够展开的对话。但我还是回答了，水牛城66。他因为没有听过突然无法接茬。于是我终于开始说话。

一个关于救赎的故事，复仇被爱情救赎。我后悔将这个我确实喜欢的电影讲出来，因为我虽然喜欢却无法描述。总不能说因为喜欢比利的红皮鞋或者比利一句话说十几遍的强迫症等等这些就喜欢这个电影吧。过了很久我又憋出一句：结局是好的。他半天没有说话，一直沉着地往前走。这个时候我才能猜到一点点我喜欢他的原因。上大学以前他话很少。现在的他舒展了禁锢的善良，温和得就像我小时候的火炉。我也是后来才发现他原来对谁都配合。

还有十几分钟就要到了。我翻出他的名字。我猜测他现在应该在单位一边删掉输错的乱码一边烦恼我的到来。电话已经响了几声，W 突然对窗外产生了浓厚的兴趣。后来终于通了。

你在哪？

我只听到蒸腾的嘈杂声。应该是派出所的事务很忙。他还是没有说话。W 开始挤眉弄眼。一个年轻的列车员隔着我们两排开始打扫车厢。他扫得很仔细，扫帚在每个车座底还要掏一下。

没事。就是我不来了。

火车开始扎进一个隧道。我抬起我的双脚。

回去的路上我发现车窗上谁画了一个丁老头。每块雾玻璃上都会画一个丁老头吗？大家为什么不画小时候还学过的零分鸭和猕桃猴呢？也有个口诀几笔就完成了啊。W 坐在我对面，开始为我计划下一个日程表。

蛇

汉语言文学1401　肖雪梅

“我是蛇，服从为你发声的愿。”

一

她一直想，该如何开始这个故事。

难过的时候，好像永远没有尽头。平静的时候，又好像不值一提。跨过去，也许变得更好，也许不——她已尽力。

好了，就这样吧。

二

她永远也忘不了那天的情景。

耀眼的光晕散落，一簇一簇，从天空的乌云处崩裂。天色昏黑，狂风摇曳，那光亮划破天地。霎时，奔雷滚滚，响彻耳际。她迎着风，慢慢走着。一弯又一弯，渐渐走到山顶。

回过头，群山皆在脚下。竹林瑟瑟，树影潇潇。十里林坡，似有神祇降临，九疑缤其并迎。她把目光投向远方，山是泼墨一样的色泽。收线至眼前，树巅上起伏着一片奇异的光晕，在天地间悠然蔓延，如墨般一点点洇开。

低头看去，竟有几畦稻田。由平整的山包开拓，参差并落，泛着鲜活的绿色。一条小路经此蜿蜒而上。路旁一棵老树，却孑立、赤裸，一丝绿色也无。由凹凸的结点往上，枝条稀疏，至顶方见些许，乍一看，似幼童毛发。半腰处，皮肉剥落，又露出铮铮骨骼，苍茫遒劲。

于是天作笔，一画成。

她闭上眼，假装自己手执画笔，开始作画。先是一抹白色，光晕耀出的白。再是墨色，乌云和远山的墨。然后猝然落下人间颜色：稻田、小路、老树……

恍然间，她闪过这样的念头——似乎在很久以前，她就这样做过。走过这条路，看过这座山，在暴雨来临前，画下一川山色，然后被这奇景眩晕、迷醉，不知今夕何日，亦不知身处何方。

仿佛自一场大梦醒来。到家时，瓢泼雨下。

父母照例不在。他们是她光阴处的一个缩影，像长在密林里不知名的潮湿植物，阴暗泥泞，久久不见阳光。她不觉得有什么——适应黑夜远比她想象得要容易。

暗色的房屋里，蓦然升起一股霉气，绕在她的身上，钻进她的血液。慢慢地，她整个人都萎靡起来。

她想，自己该出去。

于是她找到大林。大林疑惑地问："你行吗？"

她皱眉："我怎么不行？这些山我哪里没去过？"

"不，"大林急忙说，"不是，我是说……你家里人让你去吗？"

她微微一怔，随即不耐烦地说："你问这做什么？反正我外婆也管不了……好啦好啦，你去不去？不去我一个人去！”

“好好好，我去，到时候你可别后悔。唉……”大林望着她，眼里满是担忧。

她走在前面，面无表情。

不知走了多久，她忽然停下来，望着前面出现的一大片麦田疑惑地问：“咱们村啥时候种了这么多麦子？”

大林道：“谁知道呀！别管了，你不是要去找你爸妈吗？快点儿吧，天都要黑了。”

她扯下一截狗尾巴草，瘪瘪嘴无奈地说：“着什么急啊，我们是坐车去好吧。”

大林翻翻白眼，没空理会，拉起她的手径直跑起来，直到几个转身后钻进了麦田里的小路，才一边跑一边大声地喊：“这儿离火车站还远着呢！也不知道是谁说自己路熟，结果绕了半天也没走多远，最后还不是得我来抄近道！”

她露出隐秘的笑意，没再接话。

麦浪掩映下，一切了无踪迹。

三

阳光照耀下，热气钻进皮肤，灼得人生疼。

一觉醒来，天光大亮。火车驶了一夜。她睡得浑身酸痛。动动脚，腿上似乎压着人，她不耐地说：“大林！快起来！”

大林睁开眼，不满地嘟囔：“姐姐最讨厌了，我都没睡好呢！”

她搬开行李，从袋子里取出水和饼，掰一块儿塞到大林嘴里，恶狠狠地说：“快吃吧！”

大林撇撇嘴，嚼了两口囫囵咽下，抗议道：“我要吃方便面！”

她把沾了水的帕子往大林脸上一糊，边抹边说：“好啦！马上到地儿了！咱们的钱都拿来买票了，你就忍忍吧，火车上东西也不便宜。”

大林叫了两声，气呼呼地说：“你还说呢，昨天跑那么慢，什么票都没了！就只能买站票，真是花钱买罪受！”

“好啦，别抱怨了，到地方了给你买，好吧！真是……”她的话中断在大林可怜兮兮的目光里。

火车对她来说是新奇的，尤其是窗外的景色。深山里没有这样广阔的平川，也没有这样望不到头的土地，仿佛将整个世界铺陈在眼前。光是看着，就怦然心动。好像有个声音在说，来呀，来呀——媚眼如丝，勾魂夺魄。

大山沉静，无言。保护着，也屏蔽着，愚昧又善良。她不止一次地想，如果生在平原，是否一切都会不一样。那样开阔的地方，是不是也就容易忘记所谓的龃龉。

但火车远比那些东西诚实得多，她想，起码这扑鼻而来的混合型味道不会骗人。她皱着眉，看周围人唾沫翻飞地聊天。大腿的麻意好不容易退去，困意又袭来。昨晚睡在行李上，断断续续被走动的人惊醒，一夜难以安眠。难为大林还能睡得跟猪一样……想到这儿，她不禁笑出声来。

一旁靠窗的大林扭过头，眼神迷蒙，轻轻嘟囔出声：“姐，你笑啥呢？”

她眼波一转，收了笑意，严肃地说：“没什么，小孩别管大人的事。”

大林委屈地“哦”了一声。

下车，转大巴，一根冰棍撑了五六个小时。再坐三轮，颠簸半小时，下车，又走了半小时。

然后她看到梦里的房子。

长在小山坡一样的丘陵上，自上而下，现出一道道规整妥帖的“一”字。每道“一”里，所有的房子都只有一层，皆是红砖平顶，围墙带院儿，一个挨着一个。在高度相差无几的房顶上，不管谁去，都能从第一家蹦到最后一家。

丘陵起伏的浪里，翻过小山包，眼前是一片金色的海洋。无边无际的麦浪，从脚边一直延伸到极目的尽头。风吹过，波涛涌。黄酥脆，千金卷，层层复层层。

“好美……”不知道呆愣了多久，大林情不自禁地叫出声来。她蓦地清醒过来，毫不留恋地转过身去，对犹在赞叹的大林轻声说：“走吧。”

到家的时候，临近傍晚，昏黄的阳光将她的身影无限拉长。她立在一扇门前，久久未动。

大林催她：“敲门呀，你爸妈不是住这儿嘛。”

她低下头，看不清表情，只一字一顿地问：“大林，你相信这世上有实现心愿的东西吗？”

“这个不好说呀，唔……要看你许什么愿了。”

“那么，你是相信的了？”

“差不多吧，不过，嗯……”大林歪着头说，“你问这些做什么？”

“是呀，我早该知道的……”她忽然无来由地笑了，笑着笑着，又流出泪来，“美得像梦一样的东西，从来就不会是真的……这一切都是假的！”

她的面容忽然扭曲了，抬起头来，眼底交织的千种色彩，全都恶狠狠地射向大林：“你是谁？你怎么知道我内心深处的愿望？”

夕阳下，大林的脸上闪过一丝慌乱，似是无奈地叹了声气，然后开始在斑驳的树影里褪去一张张人皮，从邻家小伙到热心姑娘，从懵懂垂髫到耄耋老人，每一张皮都是这路途上嬉笑怒骂的某个人，从始至终，“他们”脸上都挂着那副天真的笑容。在她惊恐的目光里，最后一张皮又现出她熟悉的“大林”。只是现在却摆着狰狞的蛇尾。

“大林”注视着她，眼里的竖瞳时隐时现。过了良久，在她撑不住仿佛快要晕过去的时候，忽然笑着游了过来，吐出猩红的蛇芯在她的耳边说：“你忘了吗，我可是大林呀。”

四

她从噩梦中醒来，浑身是汗，疲惫不堪。只记得梦里有十分可怕的东西，仔细回想，却又什么也不记得了。可那种被盯上的感觉却印象深刻，湿腻腻的，冰冷的视线，令人恐惧得作呕……

她摇摇头，不敢再多想。径自走出门，一路无人，她渐渐发现了不对。

这里……她曾经来过。

话还要从她十岁的时候说起。那年夏天，母亲带着她踏上火车，从江南一路行到蜿蜒的大山深处。前几天，她满心欢喜，上山下河，乐不可支。忽然有一天，她意识到父亲已经许久不曾出现了。

可怜她受母严教，木讷寡言，惯于顺从，虽心怀忧虑，一时却不知如何问起。只是日渐沉默。

后来的那段日子十分模糊。

父亲从江南赶来，先见了身在学校的她。拿了她最喜欢的冰棍，摸着她的头笑眯眯地说：“囡囡，爸爸去接妈妈，然后我们一起回家，你乖乖在这儿等着好吗？”她点点头，露出怯怯的笑，兴奋又担心。父亲温柔地笑笑，转身赶去外婆家，留下一个高高瘦瘦的背影。

她当时还不知道，那是父亲与她的最后一面。

身处异乡，独自住宿，言语又不通，她变得越发内向。父亲一去没有消息。母亲也只字不提。那些江南的麦浪，渐渐在大山里隐去，仿佛从来没有出现过。

她越发地爱做梦，却不记得自己梦到什么。悲伤和沉痛对她来说还没有具体的概念，可她已隐约领会到别离的苦楚。于是开始漂浮不定。犹如绽开的绿芽猛然被人拔去了芯儿，外表看起来鲜活锃亮，唯有她自己知道，里面其实早已空无一物。

可惜那时的她也不懂。

她只知道，软糯糯的妹妹，温柔的爸爸，都跟她没有关系了。

事情发生的契机，是在几年后的一天。

那一天和平常并没有什么不同。蝉声躁响，静水深流。她嬉笑着和朋友们回家去。几个人兴致一起，就想比看谁先到家。她听完口令就冲了出去，平常一个多小时的路只用了四十分钟就到了。

到家的时候，外婆还在做饭。看到她，先是一愣，然后笑着说："这个星期你回来得倒挺早。"

她吐吐舌头，眼珠一转，老实交代："外婆，我饿了……"

外婆先是笑了笑，又叹了口气，最后转向她有些严肃地说："今天有人要来，现在不能吃饭，你先出去玩会儿，等人来了再说。"

她"哦"了一声，就出去了。

正午的太阳毒辣无比，她索性溜到樱桃树上，找到熟悉的位置躺下。树荫掩映间，微风轻抚，红润的樱桃触手可及，她眯着眼，躲过细碎的阳光，有一颗无一颗地摘下来吃，嘴里满是甜腻。

恍惚间，一个熟悉的身影闪过，她睁开眼，躲在树上偷偷看去——是母亲！她开心得想要蹦下去，却在看到母亲身后的人时生生顿住。那是个陌生的男人。

她努力想从那人身上找到一丝熟悉的气息，反反复复，却只是：没有，没有……猛然间，她听见他朝外婆喊："妈——"

于是，脑海里最后一根弦就这样断掉。

当晚，记不起如何开始。当她有意识时，她已经来到一个全然陌生的地方。

那里仅有一条路，路上空无一人，两旁却有无数个房间。她就站在这条路的开始，极目远眺，只看见浓墨一般的黑。

她转过身来，即刻被震撼——那是一条大蛇。身宽五丈，扁头红芯，身披鳞甲，蜷柱而卧，不知绕柱几轮，亦不知其身几长，虽为俯身，却仍是睥睨姿态，巨眼里依稀可见竖瞳，猩红可怖，蛇芯吞吐间，獠牙若隐若现，锐利难当，似在瞬息间便可夺人魂魄。

她彻底傻在那里。许久，她才找到自己的声音：“你……你……不要吃我……”只一句，再想开口，却是颤颤不能言。

那大蛇似乎觉得有趣，只一味注视着，却不见有任何动作，直到看到她闭上眼一副快要晕过去的样子，才吐着芯子开口：“吾乃汝之执念所召，汝有何愿，速速说来——”

她颤声说：“你能不能……变成人的样子……”到后面声音小得自己都快听不清。却见光芒一闪，那大蛇只稍一愣神，就化作了人类模样。

冠带玉面，素衣青衫，行如新月拂柳，静若九天银河；眉目流转间，顾盼生辉，举手投足间，风流无限；盈盈行来时，忽而一笑，恰如星子落凡尘。

她看得脸红心跳，却舍不得移开视线，嚅嚅道：“你可是哪一路神仙？长得这般……额……”一时竟不知如何形容，不禁试探地问，“你是妖怪吗？”

那“人”温和地说：“吾不敢称神，却也非为妖孽，仅以尔等执念为食，生长幻化而出，亦受执念所召，为尔等实现愿望罢了。此身此形此地，皆乃汝心之所化。”

她听了，有些汗颜：“没想到我还挺有想象力……不过这样说来，你算是执念成精吗？”

“斯无不可也。”

“那你叫什么？”

“吾自化形来，未有名姓，今与汝初见，甚为欢喜，嗯……望汝赐名。”

她想了想，坚定地说：“就叫你大林吧！”

“何解？”

“好记。”

“……”

她心虚地转过头，状似严肃地说：“你刚说可以帮我实现愿望……我的愿望只有一个，那就是希望我能永远年轻，快实现吧！”

大林认真地说：“汝之愿仅可以执念为媒，化作万千梦门，而后凭真身入内而行，解因果，成良愿，影射现世。且只在己身，无关他人。亦不改前尘，不入后世。”

她眨眨眼：“这么惨啊……那我再想想吧。不过，我能先提个建议吗？”

“可。”

“你能试着说大白话吗？听你说话有点累。”

“可……额……”大林摸摸鼻子，摇头一笑，“汝之命，莫敢不从。”

她翻翻白眼，一屁股坐在地上。大林也挨着她坐下。

一时静默无言，光阴似乎静止。

就在大林以为她睡着的时候，只听她低声说：“我很累。不是那种身体上的累，我也不知道该怎么说。就感觉自己轻得很，像一根草，一撮灰，稍稍用点力就散了。我不知道该怎么办。要说我有多悲伤，呵……那纯粹是骗人。没有了谁，日子都照样过。可我有时就是恨哪，怨哪，不甘哪，总觉得我本来不该是这样的……我应该是更好的，温暖的，完整的……怎生生落到这步田地呢？都弃我……都欠我……叫我怎么想得通？”

她忽而放声大哭起来，含糊不清地说：“我……不是……不是不想，是不敢……我失去了……再也不敢随便爱人，更不愿意交以真心……所有人都活在现在，只有我活在过去里……”

慢慢地，她似是发泄够了，一抹脸，边抽噎边不好意思地说：“对不起，叫你听些莫名其妙的抱怨。我想好了，我希望自己不要那么懦弱，总是一味逃避，我想拥有重新生活的勇气。”

“好，”从头至尾，大林都温和地笑着，声音越发谦静，“不过你要注意，入梦时你的记忆和梦境都是错乱的，而且都是你心底深处的执念。所以一定要小心，千万不要反抗这些梦境，除非执念破，否则你就会永远困在梦里了。到时候我会一直跟在你身边——你会记得‘大林’，却会忘记我的真实身份——我会随机应变，看你解决得差不多了就恢复你的正常记忆，这样你就能出来了。”

她一一记下，然后信心满满地说：“我们开始吧。”

大林却忽然僵了一下，似是有些别扭，还习惯性地说了句：“汝且闭眼。”

她疑惑地闭上眼，在一阵细碎的声音过后，只听大林带着羞愤的声音传来：“好了，你可以睁开了。”

她依言睁开，眼前正横着一条硕大的蛇尾……

上身人形的大林羞涩地说：“只有蛇形时，我才能施展幻术。可你又害怕我的真身，所以……”

这可真是个……好办法呀。在踏进入梦的一扇门时，她如此想道。

五

“喂，醒醒！快醒醒！”

她迷糊地眨眨眼：“大……大林？”

“你还知道是我呀，”大林没好气地说，“我不是说不要反抗吗？”

“你不能对一个失忆的人要求太多。再说了，能被我怀疑说明你的梦境造得还不够好……”最后一句话终是不敢大声。

大林却没管那么多，只听见她第一句话就气得大叫：“姐啊，你只是记忆错乱不是失忆好吗？你知道刚才在梦里你有多危险吗？要不是我一直跟着你，在最后关头强行恢复了你的正常记忆，你现在已经在现实里永远沉睡了！”

她默了一下，终于诚恳地说：“正是因为不容易，所以我才召来了你不是吗？我知道我的执念很深，再加上一切错乱，我又如何得知，我所知的究竟是真的，还是又一场幻梦呢？幸好有你……”

大林叹口气，语气也软了下来：“那你还打算入梦吗？这都多少次了……我真怕你熬不住。”

“不了，”她淡淡地说，“这一次如此惊险都没有成功，看来我的愿望是很难实现了。而且我见你施法越来越困难，说明我的执念越来越少了。这样也很好。”

说着她看向大林：“不是吗？”

大林回望着，透过她的眼，仿佛看到了无数画面：大片大片金黄的油菜花，漫山的树，刻着纹路的石头，蜿蜒的河，泼天的云霞，落单的白羊，展翅欲飞的蝶，泛着荧光的蘑菇，尖嫩的笋，胖胖的脚丫，红红的笑，一大一小……

她愣愣地回想着大林当时的眼神，竟宛如隔世。

忽然，她感觉在这无数的房间无数的梦境里，自己就像大海里一条漂泊的小船，悠悠荡荡，悠悠荡荡，不知道从哪里来，也不知道该往哪里去。一种莫名的无助涌上心头。

她又慢慢想起来，距上次到这里，已有十年。

那次她回去后，第二天就搬去了新家。

在更高的山上。常年狂风大作。土筑的屋子里总有一股阴暗的霉味。一切好像又是新的开始。她学着叫那个人“爸爸”。然后她有了一个弟弟。似乎是补偿，又是一家四口。

只是更加孤单。旧友太远，新朋太生。父母外出，老人少语。往家走的日子，忽然就习惯了一个人，坐一小时车，然后步行穿过整座山林，见识四季的美景。夜里害怕了，就看看星辰。伤心难过的时候，她告诉自己，这一切都是暂时的。一切都埋在心里，铺在纸上。久了，连情绪都淡化。唯有对着文字，才有喜怒哀乐。

有一天，她看着母亲，想要倾诉些什么。张了张口，却发现什么也说不出来。

她哑了。

只会说该说的话，却永远发不出自己的声音。

很多次，她都想说点什么。在被人占了位置无理相待时，在想念母亲落下眼泪时，在被人误解百口莫辩时，在突然生病无人发现时，在距离母亲只有一米时……千言万语，堵在喉间，话到嘴边，却又咽下。

她终是什么也没说。他们早已是最熟悉的陌生人。

可她还是有所期待的。对家，对爱，思慕甚深，犹如离不开水的鱼。一个人要永远防备着，该多累。她慢慢卸下心房。疲累的时候，也有了归心似箭的心情。

她记得，那天下了暴雨。

她回家的时候，天色已暗。天地如画，很是壮美。她以手作笔，细细描绘，许久才离去。

没想到母亲他们会回来，像梦一样。一家人热热闹闹吃了晚饭，围炉笑谈。屋内火光四溢，其乐融融；窗外大雨倾盆，惊雷阵阵。

然后是一场噩梦。

她在里屋看了一会儿电视，出来时，客厅一片狼藉。她一眼就看到了母亲——赤脚站在碎片中心，发丝散乱，涕泪涟涟，神情激动，吼声震天。周围一群人抓着她，试图禁锢住她的手脚，她反过来捶打自己的胸膛，哭得撕心裂肺。

那一瞬间，她的头脑空白了。她不知道发生了什么，也不知道该做出什么样的表情，她甚至在想，我在哪，我现在该做什么？所有人都有条不紊，劝架的劝架，开导的开导，陪哭的陪哭，暗笑的暗笑。唯有她，像是跑错片场的演员，手脚怎么摆都不对。想要挤出眼泪，却只觉得滑稽；想要帮着骂人，却又缺乏火候；想要开口劝慰，却悲哀地意识到——她早已发不出任何声音。

当和谐一旦被打破，你就会发现，裂痕无处不在。

她忽然明白，人世间没有非黑即白的事，纯粹的净土只存在于想象。一个人有多少良善，就曾生过多少恶念。区别只在于选择为恶还是为善。即使这样，却依旧不能说服自己。

母亲的付出，最初是甜蜜，然后是压力，转而为动力，最后却变成了枷锁。锁住她所有开口的话语。她总是听着母亲一遍一遍诉说自己的苦楚，一遍一遍表达对她的期望，或者失望。那感觉就像拿着一把小刀一刀刀割上心来。

有时听着，恨不得立刻死去。

她的爱，初始孺慕，然后钦佩，转而为感激，最后变成夹杂着恨意的愧疚。那愧疚如山如石，不可计量，不能转达，只能压在心上，压下所有出声的表达。

她不敢哭，不敢笑，不敢病，不敢懒，更不敢死。

情绪看着是淡化，其实却是隐藏。如同后劲足的烈酒，当时的醉感被无限缩小，甚至没有感觉，可过了许久却慢慢觉出味来，酸甜苦辣齐上心头，喷薄涌出，然后昏头痛醉。

于是她入了梦。却不再沉迷了。

她的眼神渐渐清明。

不知何时，大林出现在她背后，意味不明地说："这次你可出息了。连我的幻术都困不住你，你不打招呼就入了梦，又差点毁了这个梦，看似破了执念，可是又没有记起我，也不知道这到底算什么……"

她转过身，打断了大林的话："我知道了我真正的愿望！"

大林疑惑地"嗯"了一声，她却不理会，径直说："你骗了我！入梦根本解决不了任何问题，只是延缓执念爆发的时间而已。"

她定定地望着大林，忽而嘲讽一笑，冷冷地说："你依执念而生，自然听从拥有执念的人，但那是在那人还未被执念吞噬之前！你一次次诱我入梦，看似是为我实现良愿，实则是想让我深陷其中，一次次加深执念，为你积累食物，直至我再无用处，最终被梦境消弭！”

大林沉默了。那张永远微笑的脸上忽然显出晦暗难明的神色，末了一声叹息：“你待如何？”

“我刚说过，我知道了我真正的愿望，”她咬咬牙，狠心地说，“汝既奉吾执念而来，当听吾命起誓：必将倾汝之力，偿吾之愿，否则魂飞魄散！”

“我发誓：我将尽全力帮你实现愿望，如违此誓，即刻魂散烟消。”

六

“你知道的，我从没想过害你”，大林有些难过地说，“就算我是蛇，也是一条好蛇。”

她露出隐秘的笑意，对着大林镇定地说：“我知道啊。”

“那你还……”

“这不是让你早点结束我这个执念委托人嘛，”她摆摆手，无所谓地说，“就你那老实的性格，要不是你故作凶诡，恐怕没人会怕你吧。你一天工作多忙啊，要化出不同的形态去不同人的梦里，一个梦一个梦帮人消除执念，还要撒谎说是可以帮他们实现愿望……我就不给你添乱了。”

“我说的都是真的。我真可以帮你实现愿望！”大林着急地说，“再说了，你的委托虽然结束了，可是你的执念还在，既然你还相信我，那我就应该继续带你入梦的！”

她无奈地说：“好啦！这都是我自己的选择。我从头到尾都不相信那些梦境。比起那些虚无的东西，我更相信我自己。”

大林败下阵来，却还是忧心忡忡地问：“你行吗？”

她失笑，随即认真想了想说：“我知道，我的心上有一个伤口，在最容易治愈的时候，我得到的是敷衍和冷漠，于是它慢慢化为荒芜的黑洞。所以，后来我势必要用很久很久的时间，来一点点填补它，或者在里面种上爱的种子，积攒足够的阳光让其发芽生长。这个过程很难，很痛苦，但也很快乐，很幸福。我明白，这一生我都无法松懈。不管怎样，我已经在行动了，不是吗——我终会变得更好。”

大林没有再说话。只从眼角慢慢流下一滴泪水。许久，在她即将跨入现实时，忽然喊道：“那么，再见了！”

她回过头，露出灿烂的笑：“再见！”

七

有时候像是突然从梦中醒来，那么长的光阴都没有着落。

那时，她看着母亲，总感到既厌烦又依恋。就像一条大蛇蜿蜒的红芯，缠绕着，吞吐气息，不死不休。

夜里，她听见一个声音说：“我是蛇，服从为你发声的愿。”

她也轻轻地说：“汝是蛇，服从为吾发声之愿。”

然后虔诚匍匐。

有风居住的街道

广告学 1401　史耀

1

告诉我吧，你的愿望。

黄昏，阿良在学校后门的小街上游荡。她没什么朋友，孤独的游荡是日常模式。其实，她也渴望有人陪她游荡，分享她爱吃的甜品，也分享她的悲喜。当然，那个人如果是楚云天就更好了。

楚云天是一个完美又充满魅力的男生，几乎人人都喜欢他。

不过，幸运精灵偶尔也会降落在阿良的肩膀上。明天，她将与楚云天同台合奏，她的二胡与他的钢琴，将在一首名叫《风居住的街道》的曲子里，演一场奇妙的音乐恋情。

阿良很欣喜，但她内心的深渊却试图将她的欣喜吸进去。

深渊里追着她的过去。她恨不能忘记的过去。

阿良走过一片红砖墙，粉色蔷薇在墙头盛开。一只蝴蝶飞过来，停在阿良的裙摆上。它巨大如风筝，翅膀上闪耀着瑰丽的光泽。阿良不害怕，当蝴蝶飞起时，她像被牵引般跟在它身后。

她跟着蝴蝶，穿过一座石桥，走进一片老旧的街道。

街道尽头，一栋色彩鲜亮的老房子矗立着。蝴蝶飞了进去，阿良的双脚也不由自主地迈动。这是一家店，橱窗摆满蝴蝶标本，它们形态各异，色彩斑斓，栩栩如生。

一个像是从古装剧走出来的男人向阿良优雅地鞠躬：“阿良小姐，欢迎来到蝴蝶馆，告诉我吧，你的愿望——”

“我的愿望？你在拍戏吗？”阿良很吃惊，“你怎么知道我名字？”

“我是南海蝴蝶君，我知道世上每一件事，包括你的名字和你的愿望，”他微微一笑，“只要你亲口说出，我就能为你实现。”

阿良后退一步：“我……没有愿望。”

“没有愿望的人，不会看见我的蝴蝶，更不会走进我的店。”

“我想忘掉来音乐学院之前的经历。”这是阿良最强烈的愿望，她并不想说，可它却自己冲了出来。

“可以，不过你也要付出相应的代价。”蝴蝶君说。

2

我脑海里，深深映着这个影子。

这是阿良第二次来蝴蝶馆，二楼的屋子，墙壁上挂满了画。画里全都是影子，投射在极美的背景上。

“这些灵魂，就是人们为了实现愿望而付出的代价，我用画框把它们封印，它们就变成了一个个的影子。”

蝴蝶君凝视着一幅幅画，渴慕地说：“阿良，你能成为今天的你，都因为你有一个坚韧美丽的灵魂，过去的种种经历，正是对灵魂的磨砺。你努力活着，勤奋学琴，灵魂被磨砺得纯洁无瑕，仿佛黑暗中开出的莲花。”

“还给我！”阿良说。

“当然会按约定还给你，但你要从这些画里认出来，”蝴蝶君狡黠地说，“机会只有一次。”

阿良一幅幅看过去，成百上千的影子，没有颜色，没有面容。她屏住呼吸，不敢轻易辨认。他已将过去全部抹去，又怎能记得自己当时的样子？

忽然，楚云天踮起脚，取下一幅画，说：“阿良，这个是你。”

画面上是一个扎马尾女孩的侧影，看得出她身形单薄，脚下的鞋也大得不合脚，但她脊背的线条笔直，下巴的弧度微微上扬，透露出倔强与骄傲。她的手边，露出二胡的轮廓。

没错，这是自己，十四岁的自己。

“你怎么认出来的？”阿良问楚云天。

“我的脑海里深深烙着这个影子。”

“哈哈！”蝴蝶君笑起来，“看来，楚云天也想赎回灵魂。不过，折磨你的黑暗记忆也会一起回来，你敢面对吗？”

楚云天望着阿良，眼神有一丝犹疑。

原来他和她一样，忘掉了那段记忆。

阿良说：“我的愿望是抹去来音乐学院之前的全部记忆，我以为抹去之后能坦然。但我错了，我连对爱的感知，还有用琴声释放感情的能力，也一并失去了。所以我必须再次面对那份记忆，不管它多么可怕。”

楚云天的眼神变得坚定：“我和你一起。”

3

但我还是又一次喜欢上你。

蝴蝶君抬手一挥，墙壁间出现一条通道："你们的灵魂就在那头。友情提醒，你们想忘记的都与对方有关，不易面对呢。"

他们握着彼此的手在通道里跌跌撞撞，前方逐渐出现光亮，然后是天空，屋顶，街道，欢乐餐厅。餐厅的玻璃门前，贴着雪花和圣诞老人。门口矗立着灌满圣诞礼物的圣诞树。台阶前，一个女孩的影子正坐着拉二胡。

那是阿良的影子。

琴声悠悠，如泣如诉，可人们匆匆赶路，没有人驻足倾听。

台阶上，一个男孩的影子走下来，他手里捧着食物，一步步走向女孩。

阿良认出来了，他是楚云天。她也想起来，那天，他送给她温暖的食物，但却忽然摘下她的眼罩扔向雪地，鄙夷地说："你是个骗子，你的眼睛看得见！"

是啊，我看得见，我偷偷从盲镜后面看世界。

我看到你路过，对我微笑，也曾停下来听我拉琴。我幻想着，我在你的眼里干净动人，我甚至希望，你有一点点喜欢我。可我没想到，我只是一个丑陋的骗子。

真的好难过呢，恨不得从你面前甚至从整个世界消失。

当年的阿良，心里那么说着。

阿良朝着她的影子奔过去，心疼地将它抱在怀里。

楚云天也奔上去，抓住他的影子，狠狠地说："道歉，混蛋，为你刚才的话道歉！”

“对不起——”他的影子低下了头，说，“我看过你的眼睛，它像雪花一样纯洁明亮，我想每次路过都能看到它，所以我才……”

“我原谅你，”阿良的影子说，“如果是这样，我原谅你。”

忽然，影子消失不见，融入了他们各自的身体。阿良感觉到了它，那个曾被她冠以黑暗之名，想要埋葬的它，早就该好好珍惜。

“对不起，”楚云天说，“阿良，你刚来学校我就认出了你。我早就想跟你道歉，可我不敢，我害怕你不原谅我。”

“我没认出你，”阿良说，“但我还是又一次喜欢上你。”

4

这是一场梦吗？

“回去了。”一个声音在空中响起，他们四下张望，前方地铁入口处，筝蝶正翩翩起舞。

“那是回去的路。”阿良说。

楚云天握住她的手：“一起回去。”

还是一样的暗黑通道一如来时那般静谧，但似乎有什么已经改变。

“这是一场梦吗？”阿良说。

“不是梦，”楚云天说，“你看——”

街道上，一个留着蘑菇头的小男孩，正握着风筝线在街道上奔跑。那五色斑斓的蝴蝶风筝，正摇曳着飞向天空。

阳光的背影

新闻学1501　郭欣

这一天，从早上到晚上，刘老太太就躺在她常躺的躺椅上，看着她常看的常青树。

晚秋是一只蔫了的老虎，连她的阳光也显得软绵绵的，不得劲儿。科学家研究说，阳光是七彩的，可老太太一辈子怎么也只能看出一种颜色。不，现在是两种。阳光透过设计家设计的绿色的玻璃，投射在她的身子上显得有些绿蒙蒙的，使得老太太常常百思不得其解：城里的光怎么就是这种色呢？在她的记忆里，光可不是这种色儿，那可是白得耀眼，黄得刺目。

刘老太太在思考。人当然不会不思考，生命无时无刻不处于运动中，她显然是有生命的，所以她正躺在椅子上运动着。她在想她今日是否吃过饭，是否喝过水。良久良久，就像一个哲学家研究一个哲学问题，得经过不计数的精神计算，外加不计数的实践证明，才能得出最终的结论一样。刘老太太被锈蚀的大脑缓慢但坚定地运转，同时已迟钝的身体将已经证明过的结论反馈给尚且运作的中枢神经。通过理论与实践的双重证明，刘老太太终究得出一个不失严谨周密的答案，她饿了。既然饿了，那就得吃，这是一个颠扑不破的真理，同时也是刘老太太通过八十年的实践证明过的一个哲学问题。于是老人家蹒跚着扶着椅背起了身，缓慢但绝不迟疑地走向了厨房。那里有儿子儿媳预备好的饭菜。“想到就得做，做就得做成功。”这是刘老太太奉行一辈子的人生准则。老人家年轻的时候可是有十里八乡远近闻名的雷厉风行劲儿，谁都知道五里屯老王家的惹不得。那是一个精明强干，爱憎分明的女人。换句话说，一个泼辣但仗义的女人。左邻右舍没有没受过她恩惠的，乡里乡亲也没有没和她起过口角的，不过提起刘老太太，就没一个人不竖起大拇指，露出笑脸赞一声：“好样的！”

刘老太太的父亲是一名国民党军官，解放战争时起了义，回乡后做了乡长。用她常和邻里闲谈的话说，她小时候过的也是富足生活，家里的佣人，外面的乡人，见了她也得称呼一声小姐。不过呢，事实上，老太太的母亲在她七岁的时候撒手人寰，驾鹤西去，留下一对女儿，在家里并不得宠。父亲虽然是新社会的军官，但奉行“不孝有三无后为大”的古训，旧妻去了没几日，也就续了弦。好在新妇出身大户人家，自是知书达理，不过待她肯定比不上自个儿亲生的孩子。读了几年的女校是一定不能再上的了，出门必坐轿的习惯也须得改上一改，家中弟妹众多，没人照看着可不行。这里得点上一句，老太太的继母的确是给刘家传了后，一连七个男丁都不带喘气的。子女多了，父母的心思也就散了，更何况还是一个没亲娘的女儿呢。

年轻时候，老太太常常抱怨恨得女儿身。结婚后呢，又常常为自己的能生能养自得。可以说，老太太的声誉和她的八个子女是离不开的。她在二十岁的时候嫁给后来共同生活五十年的男人，一生育有四子四女。刘老太太一辈子哭过的次数没有统计学家统计过，姑且算作没有吧。至于笑过的次数，我想即便是最有名的统计学家也没那能力来统计。最简单最容易统计的，是笑着哭的时候，一共有三次，这是刻在老王家以及五里屯所有人心里的。第一次是县里来人通报参军的大儿子道青在抗洪抢险中不幸丧生，追赠烈士，刘老太太笑着哭了。从那以后刘老太太成了烈士眷属，在五里屯的名望更高了。第二次是老王头去世的时候。刘老太太伏在他身上，呜呜着，似笑似哭，具体怎么回事，旁人也难以说出个所以然。第三次是二儿子道平在城里买了房，接她去住的时候。全村人出动，就为给她送行，刘老太太笑着哭了。从那以后刘老太太没回过五里屯，只是被邻里羡慕与怀恋。

夜幕降临，窗外亮起了星星点点或白或黄的光。刘老太太又躺在了躺椅上，窗外的树依旧那么绿。老太太睡下了，就着风吹叶子碰撞的哗哗作响声，或许还有着不可耳闻的虫吟声、鸟语声、水流声。总之不会是无声无息，她睡下了。午夜时分，二儿子道平喊她，她没有应答。

卖　房

新闻学 1501　张娅澜

他坐在正对老家门的堤坡上。现在是深秋，堤坡上的草大多已枯死，只有零星顽强的不知名的小草还在努力生长。

他在市政府教育局当了个小官，工资一般，权力不大，升职机会也小，但好歹是个官。凭借这点小权力，他没少造福亲朋好友。像帮谁谁的儿子转个学，帮谁谁侄女换个班，这些事常有。当然，事后辛苦费也是有的，价格不等，多多益善。

今天他回老家不是帮亲朋好友转学换班，这几年反贪很猛，稍不留神就会被拉下马。像他这种小官也是不得不收敛。可这一收敛，收入也就少了。没钱了，原本和妻子商量的换辆新车也就泡汤了，为这事妻子没少和他闹。他不胜其烦，实在没有办法，就想到他那栋老宅。

这老宅算到现在也有个百年历史，这些年一直有人托朋友打听想要买，价格最高出到 10 万。当时听到这报价时，他是吃了一惊。这破宅子还能卖这么高的价。但当时他还不缺钱，又想着这宅子以后指不定还能升值，现在不都流行什么复古么，也就没答应，只说舍不得。前几天他联系了朋友，问那上次要买房的人现在还有兴趣没，朋友告诉他，那人一直想买这老宅。一拍即合，就回老家来谈价。

他一边抽着烟，一边托着腮思量。烟是朋友带来的，说是那位想买他老宅的人送的见面礼，算不上什么好烟，中等吧。朋友说那人在外地创业，赚了些小钱，喜欢捣鼓些老玩意，看重这宅子的历史想买下来以后养老。两人商量好价格，12 万，一分不多一分不少。约好今天见面付款签合同，一次性付清。他是没什么后悔的，这宅子十多年没人住，房顶瓦片早已被大风吹得七零八乱，有的地方甚至能看到那泛黑的房梁。邻居告诉他，有消息说马上要修的铁路要经过他们村，这老宅占地大，到时候政府征地会给他很多补助，现在卖房划不来。他点了点头，心里却是不在意的。他二十岁时就听说这消息了，现在快四十了，什么铁路要商量个十七年还没底。他现在需要钱，这商量好的 12 万再加上他手头存款还不够买辆新车。要是这老宅能卖个 20 万就好了，但有 20 万谁还傻得买这破宅。

他看了看手表，现在是 11 点，来接他的朋友还没来。今天天气很好，他索性躺在堤坡上，将抽完的烟蒂随手扔在旁边草地，头枕在交叉的双手上，眯了眯眼。听到有人叫他，肩膀被人摇了几下，猛地被惊醒，看了看手表，现在是 11：10，是朋友来接他了。他立马站了起来，朋友告诉他，那人想请他吃饭，叙叙旧，还请些高中好友。他很疑惑，叙旧？难道这人还认得我啊。朋友嘿嘿笑着不说话。

地点在镇上一家饭馆里，饭馆有两层，上二楼的楼梯正对着饭馆大门。他们顺着扶手上楼，是牡丹房，在过道最里面。他放缓脚步走在朋友后面，拉了拉袖口有些磨破的外套，拍了拍裤子若有若无的灰尘，抿了下嘴后又咧开嘴笑。朋友推开门，闹哄哄的房间忽地安静了下来。他只一眼就瞧见主位上的那人，是高中时的班长。朋友在耳边小声告诉他班长就是买他老宅的人。呵，高中时两人关系不太好，后来也没联系，现在有求于人了，确实是不一样了啊。班长脸上堆满笑容，作势离开椅子迎接他，他眯了眯眼，看状立马走向班长，三言两语逗得班长哈哈大笑。不出一分钟，房间再次闹腾起来，大家聊着天，没有一个是被孤立的。

有人问他怎么回老家了，他笑笑说卖老宅，瞟了眼班长。后又说道，你们可知是哪位大老板要买我那老宅？大家都附和着，没有一个猜出来。朋友哈哈大笑，指了指班长。他不说话，看向班长表示默认，饭桌上又炸开了锅。班长哈哈傻笑着，拿着酒杯不停地喝酒。又有人问他，那你这老宅多少钱出手的，不便宜吧，不是有个百年历史吗？没没没，我和他啥关系啊，还能去赚他的钱。众人笑着，只赞他心善人好。他看着班长反应不大，默默地和朋友对视，毕竟是十几年朋友，只一个眼神，就能明白对方想什么。只见朋友走到班长耳边小声说着什么，班长肉脸立马愣了愣，红扑扑的脸瞬间变了颜色，先是发白后又变紫再又恢复正常。大家聊天聊得热闹，尽没有其他人注意到。

他知道事情已经办好了，立马让大家安静，说他有大事宣布。众人静了下来，只等他宣布大事。他清了清嗓子说道：“大家都知道我卖宅子，却不知道原因，也是不知道价格。在班长以后啊，有个外省人来找我，请我吃饭、喝酒，不为别的，就是想买我这祖宅。你们知道他出多少钱吗？ 20 万。呵，当时我都不相信，这宅子再有历史能值这钱。你知道那人说啥？他告诉我，说他找人看过，这是块风水宝地。我一听，风水宝地？那更不能卖他了，我当时不知道是班长要买，但想我已答应之前那人了，这钱不重要，最重要是什么？是信誉啊。大家和我认识也不是一天两天，也知道我这人是最讲信誉的。今天大家都在这，这样，今天这顿饭我请，原本打算 18 万将这风水宝地卖了的，现在也不说别的了，15 万，就当送朋友礼物了。”说完拿着酒杯望向班长，大家都在那祝贺，嚷嚷着这顿饭该班长请，得了这么块风水宝地以后必是大富大贵啊。

班长是生气极了，又不好表现出来，想着要是不答应，儿子不但不能转到好班还有可能被退学。现在是高三的非常时期，这种乱子是绝对不能出，只在心里埋怨自己碰到个吃人不吐骨头的同学。算了算了，花钱消灾。于是两人当着大众面签了个手写合约，还向饭馆老板借了红印泥按手印。合同上写着一个星期后钱全部付清，他看着点了点头。

饭局结束了，他拿着班长白纸黑字写的合同准备回家，上翘的嘴角掩饰不住心里的高兴。终于到家了，他一进门就告诉老婆能换车了，老婆自是高兴，两人开始商量换什么车。

第二天，他一同往常去上班，办公室通知今天要去医院体检。他想到自己不用花一分钱就能做个全身检查，这不又是小赚一笔，于是兴冲冲去医院。医院告知体检单最多一个星期寄到家里，让大家不用过来取了。

一个星期后，班长拿了钱来付款，两人交易两清。送走班长时，他让班长一定要叮嘱儿子好好学习。班长没说话，就上车走了。

他得意地拿着钱、哼着曲回家。一开门，就见老婆拿着一张单子哭肿了眼看他。他一走近，是医院寄的体检单，单子上清楚地写着肝癌晚期。他手里拿着的装钱的袋子唰地掉了下来。这些还未来得及存入银行的钱顺着袋口滑了出来。“嘀…嘀…”家里电话响了，老婆接了电话，是朋友打过来的，他精神恍惚，好像听到老婆惊讶地说什么真的修铁路了，正好经过他老宅。现在政府征地，老宅能赔 30 万……

他一会看钱，一会看着体检单，又想到老宅征地，一下子瘫坐地上。

一个梦

广播电视编导1501　卢胜强

我曾经做过一个梦。

梦里的我度过了悲惨失败、潦倒不堪的一生。而那一切的不幸都是注定的，但是这一切的不幸却要由我亲自执行。换句话说，是我自己搞垮了一切。但是我之前并不清楚，还以为自己要负全责。我不了解那些莫名的苦难究竟来自何处，将它默认为命运也好，归结为自身的失误也罢，这都不重要，关键是为什么会产生这悲剧。

每一次我都下定决心告诉自己，这次一定错不了，一定错不了。但每一次，命运都用冰冷的事实告诉我，你错了，你不会得到幸福。你必将在精神世界里孤寂一生。你只能从肉欲之欢中以长久空虚的代价换取那一瞬极致到将要焚毁的快感。直到最后一刻，我死了的时候，才终究信了这种种先兆无声的预言。

我死后见到了上帝。我向上帝哭着控诉命运不公的待遇。我说：我判决自己诚实，我用最锋利的刀子剜开心窝，剖析自己最阴暗的地方。却发现那里满是阳光，它盛产爱与热情。在那里，火山每天爆发，炽烈的岩浆激情四溢。然而这火山都被磅礴的命运之雨无情地浇灭，一切都终将被彻骨的寒凉现实冷却。最终我孤独地死去，堕入无边的轮回。

上帝端坐瞑目，缄口不言。

哦，上帝，你死了吗？可是你怎么能够死去？这世界怎么办？我顿时绝望到极致。你死了，魔鬼就会霸占这个世界，他会传播那邪恶的思想，让所有人堕入轮回，永世超生不得。我怎么才能摆脱这无聊的轮回呢？你告诉我，是不是毁掉我的灵魂啊？怎么毁去？用刀砍，用斧斫，用枪击，用炸药炸毁，还是将它扔进蛮盆或者享受炮烙之刑？斧钺汤镬，还是让其上刀山下火海，将它五花大绑，钩了锁骨，大卸八块，碎尸万段，剥皮剔肉，挫骨扬灰？你倒是放个屁呀？你真的死了吗？我怒了，开始大放厥词。

上帝睁开了眼睛：我不生不死。在这永恒的轮回里，除我之外，一切存在都要化为灰烬，重新洗牌，重新组合，开始下一次轮回。如此周而复始，没有结束，你逃不掉的，不要妄想毁掉灵魂来摆脱轮回。灵魂是世间最刚强且最虚无缥缈的存在，它最虚幻和最荒诞，它没有任何理由和道理地长存着。它自由到极致，但这世俗却不给这自由的灵魂以去处。他们将灵魂禁锢在肉体内，使这肉体受尽一切非人性的折磨，最终使人黯然神伤，红泪偷垂。试问，还有什么比灵魂被羁押更令人压抑和痛苦的呢？我看这世人愚昧，就把我的儿子赐给世人，让他们信他，便可获得幸福。然而，我的儿子都被钉在世俗的十字架上，他们像看猴子一样指点他，用手戳他，用口水唾弃他，用最丑陋的嘴形骂出最恶毒的语言，发出最刺耳的噪声来责难他……

上帝的话令我无言以对。

当灵魂破败的时候，一切都变得不再重要，唯有肉体的感触依然存活，肉走尸行。于是我萌生出一个内视的想法。我拿出匕首，看着烁闪的白光寒噤一颤。我将用这刀子划开肉体，将自己毁灭。对，毁灭这个宇宙最伟大的艺术品，顺便看看自己是怎样如小人所言败絮其内，我将从这自毁中获得解脱并伴随着一丝报复的快感。想想看，伤口井喷出血柱，血泵逐渐枯竭，空虚至极，杳杳冥冥，昏昏默默，欲仙欲死，多么美妙的体验呐。

我咬一咬牙，狠心将匕首猛地刺入左胸的肋缝，并快速拔了出来。眼前的情况却令人冷笑：竟然没有一丝痛感，这倒好笑了，胸前的伤口像嘴一样白生生地翻绽着，仿佛在嘲笑我。我的内心满是悲凉，简直讽刺至极。我又捅了一刀，胸口上又绽开了一抹微笑，却依旧不见任何血迹。我恼羞成怒，邪性涌上脑袋，开始乱割乱捅，以此满足报复的快感。这造物主啊，你创造我不就是为了欣赏我的悲剧么？我是你的作品，现在我毁了你的作品，反正我又不属于自己，留着有何用？何用？我要像日本人一样切腹，我将匕首刺入左腹，使劲刺到右腹，于是我的肚子上出现了一个大嘴巴，我变成了一个长着大嘴的刑天。我将手伸进腹上的大嘴去摸索着内脏。内脏是冰冷无比、坚硬如铁的。我想将它们扯出来却只是徒劳。原来，我早已成为一缕孤魂。

我咒骂着，号丧着，泪水模糊了一切。上帝却闭上了眼睛。我跑过去，用匕首捅上帝的胸口，撕扯他的衣服，搧他的耳光，将屎尿拉在他乱蓬蓬的头发上，他依旧岿然不动。我泪如泉涌，却突然开始怜悯这上帝了：他是多么的孤独和无助，他才是这个世界上最可怜的人。良久，上帝眼角流下的泪在他的脏脸上冲开两条河。看吧，上帝多么狼狈，屎尿与泪水将他包围，好生可怜。我疯了一般抱住他痛哭，我将要疯掉。我为什么死不了？我解脱不了。上帝说：死是一门艺术，死意味着解脱，死是终极的幸福。你这猪狗不如的家伙怎么能配得上拥有幸福和享受艺术，你太卑贱，鄙俗！你是大自然最失败的创造，你应该去填了海眼，点了天灯！将你的人油榨干作为祭祀的原料，而你的干尸将被做成殉葬的佣瓢！

我再也说不出一句话，倒在地上沉沉睡去。醒来之后我才发现这是一个梦。多年以后，当我回忆起这个梦，都十分确信这一切实实在在发生过。抑或是它有一种阴鸷的美感，我对这个梦并无抵触，反而时时拿出来细细咀嚼回味，有些时候还能勉强回到那个境界里沉醉须臾，仿佛跳出了时空的网。或许我们每个人都需要一个仅仅属于自己的自由之梦，因为只有在这个梦里边你才是真正自由的，想做什么就做什么。

当然，也可以什么都不做。

前尘隔海，古屋不在

广播电视编导1501　郝关铎

黑白照片上跟二十六岁的我爷合影的那个女人死了。

从此，我爷一个人去了北京。他打电话回来说，这北京现在怎么没有宣武区了，那现在这地址可咋找。我问他，你那地址是啥时候的。我爷说，这是78年的地址。

这都快四十年了，我跟我爸帮忙找旧址所在的新址在哪，我爷又打电话来说，不用找啦，他打通电话了。

我曾祖父以前给有钱人家帮工，老爷给了不少钱，1969年送我爷一个人跑到北京念书。那时候他虚岁二十，正是可上九天揽月可下五洋捉鳖的年纪，跟着城里人下乡插队，在内蒙古某广阔天地接受贫下中农再教育。

然后二十岁的我爷碰到了十九的跟他合影的那个女人。有一年过年我跟我婆看照片，几乎每一张照片她都给我讲是啥时候拍的，照片上有谁谁谁。只有那一张合影，我婆看了一下，骂了一句啥话就走开了。我就知道这肯定就不是一个没有故事的女同学。

这个女人，这个婆婆年轻的时候是真的好看，满族人，五官巧妙，眉眼灵性，荣曜秋菊，华茂春松。

我爷文学造诣高一点，给那阿婆写情书，都是二十岁的小伙子小姑娘，一来二去，纯洁的友谊升华了。

我爷那时候年轻气盛，每天把自己的任务干完了跑去给那婆婆挣工分，食堂发个饼都要掰一半过去。逢年过节还到公社去买点糕点。平时就是月下读书，写一首情诗看得人都脸红。

1975 年大概内蒙古这块的下乡就结束了，我爷跟那婆婆舍不得天各一方，就决定不如就在内蒙古定居。

那个年代人人高举“父母之命有理，包办婚姻无罪”的大旗，高喊“烧死这对自由恋爱”口号。所以那婆婆的爸妈找到内蒙古来，骂这两个年轻人不识好歹，拉着婆婆往回走。这婆婆跟电影里演的一样，说要为了爱情留在这里，我要为自己而活。

于是大队长出来了，说怎么能违背父母的意愿，毛主席说了一切反动派都是纸老虎。

婆婆说毛主席也说了下定决心，不怕牺牲，排除万难，去争取胜利。

现场成了毛主席箴言录。

然而，她爸妈还是带她回了京城，我爷也从内蒙古回来了，从此真的一别两宽。

后来我爷回了山阳，听了曾祖父之言结了婚。男人就是容易向生活屈服，心里就算有万仞，眼前只能有糟糠。不能生活在理想国，只能在夜深人静幻想乌托邦。生活一把揪过你衣服领子问你，服不服。

服了，我爷开始工作，开始教书，1978 年那女人回了最后一封信，附带了地址，就有了后来我爷寻着旧址去了北京。

我爷打通了电话，去了那灵堂。他也没哭，因为连互相认识的人都没有，那女人的侄子只听说过有一个远方的来客来吊唁。他们见到我爷后问，阁下是郝老师吗？

“你们怎么知道？”

我姑以前说了，说她走的时候有一个郝老师一定会来，她家的房一辈子别搬，电话也一辈子别换。但是这宣武区并到西城区谁哪料到啊，不过您那这一路过来也劳累了，酒店都给您订好了，您那先歇着，明天我去接您过来吃饭。

“不用麻烦，我马上就走了。”

“这哪行啊，以前我姑特别让我记住对您要恭敬一点儿。”

“她没儿子女儿？”

“您不知道哇？我姑是一辈子没嫁，我就是她儿子。这为什么没嫁呢，我也不知道，听说是当时她心上有人？不过您是她啥人啊，战友，还是？”

“哈哈，战友，是战友！”

我爷从北京回来后也不至于茶不思饭不想，就是比之前更喜欢一个人看电视，十月写了一幅字裱在墙上，甘棠遗爱。隔年六月去了一次内蒙古，我说六月内蒙古怕热得很。我爷说，插队那时候连三九天都是热的。

我指着那张合影说这是谁啊。

这是心口的朱砂痣，是手掌上的蚊子血，是西瓜最中间的一口，是五毛干脆面的调料粉，是惊鸿，是游龙，是雪中的炭，是锦上的花，是金榜题名，是他乡遇故，是太阳升朝霞，是芙渠出绿波，是春华秋实，是被褐怀玉，是化成的蝶，是震住的妖，是玉帛，是锦册，是盛世的佳肴觥筹，是深山的青灯黄卷，是铁马冰河入梦来，是曾经沧海难为水，是剪不断理还乱，是红酥手黄藤酒，是勒马的缰绳，是渡江的一苇，是紧箍咒，是大乘经，是仁义礼智信，是温良恭俭让，是这一生等了半辈子未拆的礼物，是我在床上饭在锅里，是许多地方的桥许多次数的云许多种类的酒，是白色袜子和身上的味道，是天青色的烟雨，是云，是雾，是人间的四月天。

不是的，都说女人是水做的，她也是。她是太阳能调到最合适的那一度，往左就烫，往右就凉。她这一度，我不用战战兢兢，鞠躬尽瘁。

我爷后来年纪大了喝酒就少了，年轻二斤的量现在过年也就喝三四两。前两天我回去的时候他却喝了好多，有七八两，眼睛喝红了，我问他现在最挂念在心里的事是什么。我爷说是她，我说怎么还是她啊。

我爷说，我从来都很想她，但是我不去找她，不去问她的情况，就只是想想总还是行的吧。

“余三尺微命，下里白丁，曾承如此厚爱，不胜感激”。

老陈头

广告学 1601　郭松

“咔嚓，咔嚓”的老式打玉米机在断断续续地哀鸣着，树上的蝉也耐不住寂寞，声音如雨点般，愈来愈刺耳，每个人的内心都窝着一团火。狭小的庭院里窝着好几个人在打玉米，其中大多都是光着膀子皮肤黝黑的小伙子，但有一个人却显得怪异且突兀。他穿着棉衫棉裤，拖着早被踩烂后跟的棉鞋，身上的汗涔涔如雨下，透湿了他的棉衫，脸上浓黑的汗珠从两鬓滚落，留下长长的黑色印轨。头发因为灰尘和汗水的融合，早已变成一股一股的尖锥样了。中午的空气是闷的，他们不断加快频率，手下的铁铲不断摩擦地面，发出令人心悸的声音。

“老陈头，村里老张儿子办喜宴，你开荤的日子到了，快走，咱俩搭个伴。”一个留着络腮胡的独臂老头突然喊道。

“唉！好事对冲喽，我还得帮老彭头打玉米，去不了了。”老陈头摸了摸肚子，咽了口唾沫艰难地说道。

“对，他还得帮我打玉米，我答应下午给他开荤吃拌面。”老彭傲气地扬了扬夹着快要燃到棉心的烟头的手，示意独臂老头快走。

独臂老头讪讪地摆了摆手，附和道：“是是是，您家的拌面是全村出了名的香，哪里是一顿酒席比得了的。”

老陈头也是讪讪地点了点头，并未多说什么，便继续忙了起来，最终吃到了那顿久违的荤拌面。这对他来说的确是够幸福了，对于流浪汉来说，这已经很好了，他也非常感激老彭头，至少他认为老彭头对他是不错的。

老陈头是一个流浪汉，村里人说老陈头年轻时吃苦卖力，攒了不少钱，给儿子买了房，娶了媳妇，愣是没给自己留一分钱，最后老伴死了，自己因为老了被儿子撵了出去。村里人大都同情老陈头，尤其是老彭头。其实明眼人都看得出来，他是看上老陈头还有点剩余劳动力，还是廉价的，所以经常农忙时关照老陈头。老彭头是个精明人，民国时候是地主，村里人时常调侃他压榨人民群众。

老陈头自己却是个乐呵人，时常露着大黄牙，咧着嘴笑呵呵的。村里的孩子也总是喜欢跟他玩，结果总是被父母臭骂一顿，但是孩子们之后依然会回去找他玩，听他讲些迷信鬼神故事。孩子们听得总是又怕又迷，而老陈头则是靠在玉米秆堆里，眼睛眯着，静静地看着这些孩子。村里有什么需要帮忙的，老陈头总是会去帮，村民当然也很乐意让他吃一口热乎饭。

一个冬夜，月亮很亮，村里来了个炸爆米花的，“嘭——嘭——”的爆炸声点亮了家家户户的灯，小孩总是喜爱爆米花的。空旷的谷场瞬间便热闹了起来。有一个人是必然不会缺席的，那就是老陈头。在这里有说有笑，有孩子，有欢闹，最重要的是有炭火和吃的。哪怕没有人施舍给他，他也可以捡到足够的爆米花，因此他每次都是最准时的。他依旧穿着那一身蓝布棉衣，很是臃肿。这件衣服可以算得上是他的四季装了，没有人见他脱过或者换过。他脸上的皱纹更多更深了，里面布满了乌黑的垢泥，头发也如同杂草般乱作一团。他背靠着一棵树，身子筛糠似的发抖，双手抱着膝盖，显然好几天没有吃饭了。村里人可怜他，便送给他一袋爆米花，问他：“你为什么不回家去，你可以去法院告他们的。”他却呵呵地说：“我是想自己一个人生活，不赖他们。再说哪有老子告儿子的，再说了，我孙女都留学回来了，工资可高嘞。她还叫我回去过呢，被我拒绝罢了。”有人又问：“那我们给你的破大衣你为啥不穿，嫌破？怎么着也比你的新啊！”老陈头回答：“那是我老伴给我缝的，要是我死了换了衣服，老伴该不认识我了。”有人还想继续追问，最后却作罢了。

老彭头没有了农活便再也没有理过老陈头，但老陈头依旧很感激老彭头。这可能是因为老彭头将自己的老宅让他住吧。老彭头的老宅以前是住人的，后来据说死了人，还是被老鼠咬死的。村民都说那宅子有鬼，是栋“鬼宅”，因此没有人买那块地方，荒废了好多年。院子里长满了蒿草，屋子也是老式大瓦房，有几处已经漏光，房顶也长满了草。通常晚上有捉蝎人光顾那里。屋子旁是一个垃圾堆，时常恶臭熏天，据说是要熏死恶鬼。而老陈头却不在意，而且还戏谑地说：“我还是‘饿死鬼’呢！”

独臂老头和老陈头算得上是同病相怜了，只是还没被撵出来罢了。村上有什么红白事，他总会和老陈头一起去吃点，因此也成为老陈头无话不说的伙计。

“你难道不知道老彭头安的啥心思？他就是个吸血鬼。”独臂老头恨恨地说。

“他虽然奸诈，可也是我的活路啊，不然我吃啥？我住啥？他地多活多，我能混个饱啊，乡亲们对我都不错，可也都不容易，我不能卖可怜耍赖皮不是。你们都说那是鬼宅，难道我是正常人吗？我倒庆幸有个垃圾堆，饿了有吃的，冷了烧点垃圾，挺好！再说垃圾也没我臭啊！也只有你不嫌弃我。”老陈头凄凉地说道。

时间过得很快，我叫老陈头的次数越来越少。直到有一天，他消失了，不知道是死了还是去其他村了。

后来，我去看老彭头的老宅，破旧的房屋早已不在，取而代之的是光洁的二层小洋楼。父母说，老陈头也是可怜，白为老彭头干了那么多年的活，最后没落啥好，又被撵了出去。原来老彭头找到了宅子的买家，就将老陈头用棒子打了出去，听说差点被打死，幸亏独臂老头跟村民拦着，之后第二天便不见他人了。

不经意间，我瞧见了角落的一只棉鞋，那是老陈头从不离脚的。

XI JU PIAN

戏剧篇

五百种死法

戏剧影视文学 1301　杨治

（午后的阳光从窗口照下，一间整洁简单的诊室，靠近书桌的椅子上躺着一个男人，墙上的挂钟指向四点整。）

医生：梦境是一种很奇特的体验，它是独立于现实与意识之外的思维产物。梦醒时分我们仍感到其亦真亦幻，正是因为梦境与现实的交织如影随形。唯一能让我们区分两者的便是常识。夏先生，你有没有在梦中碰到不可思议之事后便迅速醒来的经历呢？

夏言：有的。

医生：梦境的虚假无法欺骗在你潜意识存在的常识。在梦境状态中人脑的活跃程度是清醒状态下的五到十倍。

夏言：这就是为什么有人一觉醒来却依然觉得疲惫。

医生（点头，赞许）：对的，弗洛伊德认为，梦境决不只是对记忆碎片的重复，而是创造，在睡眠状态中人的创造力与潜力将无限放大，做到现实中难以达成的壮举，在世界各地都有类似的案例，没有任何绘画经验的人在梦游状态下创作了令大师都叹为观止的杰作，被诊断为智障的儿童在梦中背出极复杂的理论物理公式……

夏言：还有西藏天授的唱诗人，一觉醒来便会背诵上万字的长诗。呵呵，这些不过是极少数的个例。弗洛伊德的本意是指思维的限度，庸人们却理解为本能的强度。

医生（翻病历）：我不太同意上一位医生的结论。思维清晰，逻辑缜密，语言有条理。怎么看都不是妄想症患者。

夏言：对于不可知物，庸人总是习惯性的将其归结于幻想，看来你比那些庸医更愿意接受现实。

医生（笑）：谢谢你的赞美，夏先生，我在业内听过不少你的事，在战后应激创伤认知障碍的治疗领域您算得上是国内的权威人士。（转身倒茶）请。

夏言（看着钟表，四点整）：谢谢。

医生：那么，让我们开始吧。

医生（手指交叉）：请你详细讲述一下你的病史。

夏言：好的，（喝口茶）一切的开始是从我妻子去世发生的。

医生：什么时候的事？

夏言：半年前，大概吧。

医生：恕我冒昧，原因呢？

夏言：车祸。

医生：具体些。

夏言（喝茶）：那天早上她起床迟了些，就打了一辆的士去公司，在路上与一辆货车相撞，她，（捂头）当场就……

医生（翻病历，皱眉）：请节哀，然后呢？

夏言（抬头）：然后每天她都会出现。

医生：哦……在梦里？

夏言：不！不是在梦里，是在现实中！

医生：会不会是一个与你妻子长相相似的人？

夏言：不！是本人！她每天都会出现。若无其事地与我交谈，生活！

医生：夏先生，（向前坐）可你的妻子已经去世了。

夏言：是。

医生：她也没有……双胞胎姐妹？

夏言：不，不是……那就是她，生活习惯，说话方式，甚至……日常的小动作……那就是她！看起来正常得不能再正常！除了我知道她已经死了！（失控）

医生：听着，请冷静下来，看着我，我能够帮你，冷静些。

夏言……（大口呼吸）

医生（起身，拉窗帘）：你看，这是一个周末的早晨，阳光灿烂，空气清新，看看，楼下商店的水果摊，应有尽有，非常鲜美的水果，看，还有售货的那个漂亮姑娘……怎么样，好点了吗？

夏言（点头，示意可以继续）

医生（指茶杯）：喝完它，对你有好处（在窗前踱步），好吧，让我们从头开始。你妻子去世时你本人在场吗？

夏言：没有，事后警察通知我才赶去的。

医生：也就是说，你妻子的死亡和你一点儿关系也没有，你没有任何责任，对吗？

夏言：怎么说呢，如果那天我早点叫醒她，她就会和往常一样坐公交车上班，就不会发生车祸了。天哪，可这种事情谁又想得到呢？

医生：你很爱你的妻子，你一直在想她吗？或者说——这半年里你有没有反复自责？

夏言：我不知道。我当然爱她，天哪，但在经历了这半年后，那张脸对我来说简直是最恐怖的噩梦。

医生：好吧，让我们来看看，第一，我不认为那是你的幻觉。

夏言（如释重负）：你是第一个这么说的医生。

医生：任何一个医生都会得出这个结论，你的精神鉴定显示你很正常。一个精神正常的人不可能无缘无故出现幻觉。恐怕你的经历太诡异离奇了，超过了常人认知范围，所以幻觉就成了他们的自我安慰。

夏言：我曾也认为那是我思念过度产生的幻觉。直到……天哪，那个送牛奶的……

医生：你是说，别人也能看见她。

夏言（点头）：送牛奶的，花店老板，银行职员，每个人，甚至那些知道她死讯的人，都若无其事地和她谈笑风生！

医生（尴尬）：哇哦。

夏言：我甚至，有种可怕的念头，（摸杯子）这杯子，（摸桌子）这桌子真的存在吗？这个世界是一个大骗局？我已在楚门的世界里？

医生：理智点，夏先生，恕我直言，这一切有什么不好呢？你的妻子又回到了你身边，生活一如以往日，说这是上帝的恩赐也不为过。我实在没有看出有什么不好。

夏言：她会在每一天固定的时间死去！第二天早上又出现，再死去，再出现，天哪！这折磨我经历了半年多！

医生（沉思）：她每天早上都重复迟到、乘的士、死亡这个过程，我可以这样理解吗？

夏言：不是！千奇百怪的死法！在浴缸里溺死、被天然气熏死、被高空坠物砸死。一切，一切你想都想不到的死法！

医生：哦，死亡时间是她出车祸的时间吗？

夏言：不是，是下午四点。

医生：那个时间有什么特殊意义吗，对你或是她。

夏言：没有。

医生（翻病历）：好吧，夏先生，您能肯定您妻子死于车祸吗？

夏言（自言自语）：说真的，我也不知道，她已经死过五百多次了。

医生（翻病历）：看来是这样，在这个问题上，您对我之前六位心理医生的回答都不一样，失足坠楼（将一页纸扔在桌上），心脏病突发（再扔一页），意外溺死（又一张），至于车祸死，是李志绥医生对你进行深度心理暗示治疗后的结论。

夏言：他说你一定有办法。

医生：李医生的心理暗示本质上是唤醒读取记忆的过程，通过重复、再现来梳理线索（轻笑），墨守成规，但简单有效。我们现在需要将碎片重组，具象。

夏言（笑）：该不会是催眠吧？

医生（扬眉）

夏言：催眠带有极强的主观性，根本不是再现而是人为的加工，罗伯特·埃文斯早在1984年《心因性疾病索引》中就提出……

医生：喝茶，夏先生，喝茶。

夏言（欲言又止，低头喝茶。愣住，死盯着茶杯。）

（茶杯仍是满的）

医生：梦境是一种很奇特的体验，它独立于现实与意识之外，梦境与现实两者交织如影随形，唯一可以区分它们的是常识。夏先生，您好像已经发现端倪了。

夏言：这杯茶，怎么喝都不会少……这是梦境中……可你什么时候……

医生：不仅如此啊！（指着门）

夏言（盯着看）：这、这是我家的门！（走过去）天哪、难道（手放在门把上）……

医生：请等一下，夏先生，在开始之前，有些事情我要先说明。

夏言（站住）

医生：第一，我会实时监控你的情况，一旦出现异常反映，心率加快，肌肉痉挛，浑身抽搐，我会立刻进行唤醒（打开电唱机）如果在梦境中听到音乐声，代表治疗结束，即将唤醒。

夏言（点头）

医生：第二，你所看到的是你的记忆与潜意识产物，无论发生了什么都请保持冷静，这都不是真的。

夏言（点头）：我准备好了。

医生：去吧，答案就在那扇门背后。

夏言（推门入）

（场景变换，家中）

（夏言慢慢向客厅走去，一个女人背对着他弹琴）

夏言：你今天没去上班？

怀玉：今天我轮休。

夏言（心神不宁地看钟表）：哦……哦。

怀玉：今天我想去花卉市场买盆君子兰，总觉得屋里没什么生气。

夏言：哦，喜欢就买吧。

怀玉：嗯，你书桌上也要摆一个，防辐射。

夏言（看钟表，皱眉）

怀玉：你怎么了，心不在焉的？

夏言（按太阳穴）：没什么……只是觉得……忘了什么……很重要的事。

怀玉（手放在他的肩上）：那就别想了，走吧。

夏言：不！（停下）我总觉得，今天不应该出去，会发生很不好的事……

怀玉（嗔怪）：呸呸呸，乌鸦嘴。你最近面色一直不好，出去散散心吧。

（两人在街上片段）

（花卉市场）

怀玉：这个和这个，多少钱。

售货员（半身，不露脸）：一百二十元。

怀玉：老公，你过来提一个这个。（转身）

夏言（从售货员手上接过）：谢谢。

售货员（医生的脸）：醒醒！你迷失了！

夏言（惊）（镜头闪回就医片段快进状态）

怀玉（拉她）：好了吗？走吧！

夏言（回过神）：啊！（看售货员，另一个陌生人的脸）

售货员：要包起来吗？先生？

（场景回到室内）

怀玉（关心）：你今天怪怪的，（用手摸夏言的额头）是不是发烧了？

夏言（推开手）：我没事，只是……有点累了。

怀玉：我知道怎么让你精神起来。（打开电唱机）来啊。

（夏言上前，二人跳华尔兹）

夏言（看表）：我真的，觉得有什么事忘了。

怀玉：很重要的事吗？

夏言（点头）：很重要。

怀玉（嗔怪）：还算你有点良心，今天什么日子？

夏言：啊，什么……

怀玉：什么啊，我们的结婚周年啊。

夏言：啊，天哪，我竟然忘了！抱歉，抱歉！

怀玉（装作生气）：你要怎么补偿我？

夏言：啊，礼物我会补上的，今天晚上我们去半岛酒店吃饭，我去订座。

怀玉（拉住他）：不用了，不用了。

夏言：这么重要的事，我竟忘了，对不起，对不起。我……

怀玉（把手放在他唇上）：没关系，只要和爱的人在一起，每天都是宝贵的礼物。

夏言（沉默不语流泪）

怀玉（擦眼泪）：你怎么了？

夏言：我不知道……我只觉得，活着真好，要是能一直这样下去……

怀玉：会的，我们会一直在一起。

（雷声）

怀玉：奇怪，晴天怎么会打雷？（向窗外看）我还是把衣服收起来吧。（去阳台）

夏言（突然耳鸣，电流声）（靠坐在一边）（镜头闪现之前记忆片段，在诊室，与医生交谈）（医生：你所看到的一切都是记忆与潜意识的产物，一切都不是真的。）

（片段继续闪现）

（夏言，她会在四点整死去。）

夏言看电唱机（没有唱片却仍有音乐声）

（片段闪现，医生音乐响起代表即将唤醒。）

夏言（趺趺撞撞冲向阳台）

（怀玉用一根麻绳上吊）

夏言（瘫坐在地上）

（唤醒）诊室内（梦中的音乐仍在播放，医生关掉）

夏言（坐起来）

医生（递过手巾）：擦擦眼泪。

夏言（擦干眼睛）

医生：你迷失了。

夏言：我知道。

医生：你很爱她？

夏言：你都看到了？

医生（按下录音机）夏言的声音：这是我的结婚周年纪念……在一起就很快乐……突然打雷了……（停止播放）

医生：一些片段。

夏言（捂脸，理了理头发）

医生：你很爱她？

夏言：当然！

医生：好吧，一个问题，你确定你妻子遭遇车祸时你不在场吗？

夏言：是的。

医生：催眠很成功，但我发现（向前坐）在你妻子去世时你的记忆出现大段大段的空白。

夏言：然后呢？

医生：有没有这么一种可能——你与你妻子同时遭遇车祸，她不幸去世，你的头部受到撞击，神经出现紊乱，记忆开始了交叉与创造……

夏言：你是说一切都是脑震荡所造成的幻觉？

医生：要想知道，除非直接与你的潜意识对话。

夏言：是的，我有种感觉，我离真相越来越近了。

医生（点头）：要想知道只有一个办法。（示意他躺下）

夏言（躺在椅子上）

（场景变化）

（推开门，怀玉端坐在扶手椅上）

怀玉：你还是来了。

夏言：告诉我。

怀玉：什么？

夏言：为什么这样。

怀玉：你自己难道还不明白吗？

夏言：明白什么？见鬼，这一切是为什么！我已经失去了妻子！你为什么还要来这折磨我！你到底是什么东西？为什么纠缠着我不放？

怀玉（怜悯地看着他）：那你为什么还不忘记她？

夏言：忘记什么？我和她的相识？相恋？忘记我曾经和她的一点一滴？忘记她与我的每一天？忘记我们的感情？

怀玉（摇头，悲哀）：你还什么都不明白吗？

夏言：告诉我，那天到底发生了什么？

怀玉：有什么意义吗？

夏言：我只想知道真相！

怀玉（笑）：真相是个既美丽又可怕的字眼。请相信我，带着这个秘密继续生活下去比知道所谓真相对你有益得多。

夏言：不……

怀玉（站起来看表，四点）：到时间了。

夏言（想站起来，手脚不能动弹）：不！（音乐响起）

怀玉（举刀自尽）：你无法阻止，就像你无法阻止太阳升起！

夏言：不！！！

（唤醒，场景转为诊室）

夏言（沉默）：她拒绝和我交流。

医生（点头）：你的潜意识在与你对抗，我很吃惊你能坚持这么久。

夏言：这算是夸奖吗？

医生：潜意识类似于本能，有趋利避害性。比如火焰，潜意识告诉你要避开它，黄金，潜意识怂恿你去拥有它。

夏言：而我的潜意识逼迫我远离真相，难道这意味着……一旦知道了真相会有……某种危险？

医生（沉默）：你相信这个世界上有鬼吗？

夏言：我是无神论者。

医生：从一九八零年至今，中过500万彩票的人数为七百七十二人，而从八零年至今全球发生的灵异事件不下十万，真奇怪，人人都相信买彩票可以中五百万却不相信有鬼魂。

夏言：停下……你这是一种误导。

医生：当某些问题缺乏科学的结论，恐怕我们只得求助于玄学。

夏言：到底是怎么了？

医生（拿过录音机）：这是你第二次被催眠时我录下的，在录制过程中一切正常。但回放时却（按下播放）

（嘈杂的电流声，夹杂着女人的尖叫）

夏言：这是什么鬼东西！

医生：我听过类似的传说，电台广播偶尔会收到许多奇怪的信号，有求救的，有警告的，内容千奇百怪，但再次探测信号时这些讯息又消影无踪。有人说这是死者发来的信号。

夏言：你怎么看？

医生：对鬼神的恐惧与对黑暗的恐惧一起被我们的祖先保留在了记忆中，经过一代一代的传承，它们都深入到了人的潜意识里。我们不妨大胆猜测一下，你的潜意识拒绝重复真相，会不会是出于对鬼的本能的恐惧，而做出的应激保护呢？

夏言：这已经超越心理学范畴了。

医生：整个事件本来就超越常识范畴。

夏言：现在我应该怎么办，去找个大师驱鬼？（苦笑）

医生：那倒不用。（在窗前踱步）面对不可知物，科学的探究方法也许笨拙但未必没用。夏先生，您愿意再接受一次催眠吗？

夏言：我们试过了，这没用，本能拒绝与我对话。

医生：我们可以欺骗它。

夏言：这是不可能的，人不可能欺骗潜意识，好比我告诉你，别想大象，你会想到什么？

医生：大象。

夏言（摊手）

医生：但如果我告诉你去想一个在非洲体型庞大的褐色哺乳类动物，你会想到什么？

夏言（迟疑）：犀牛、河马、大象……很多，我不知道。

医生：最好的办法不是欺骗。（打了个响指）

医生（在夏言耳后摸出一枚硬币）：而是误导。

夏言：那你还等什么，来（头疼）啊！！

医生：这是不间断地进行唤醒所造成的不良反应，强制再次催眠恐怕有难度。所以（转身拿了一瓶药）我们需要些帮助。（把药给夏言）

夏言（看瓶子）：苯巴比妥？

医生：它可以强制使你进入安眠状态。

夏言（吃药）：我们开始吧。

医生（挡住他的手）：有些事你需要清楚——一旦借助药物的强制催眠，唤醒就变得异常艰难，一旦你再次迷失与梦境中……

夏言：会怎样？

医生：神志陷入无意状态。或许更糟，比如，脑死亡。

夏言：我不觉得那些比我现在的处境更糟。这是我们唯一的机会！

医生：如果你坚持。

夏言（喝药，举杯）：祝你健康，医生。

（场景变化）家中

（推开门，夏言进入房间，像在一扇门前）

（血从门缝渗出来）

（开门，怀玉倒在血泊中，一个男人拿着刀，在她身边）

夏言（怒吼）：不——

（人转头，脸藏在阴影中走来）

（夏言夺门而逃，穿过长长的走廊，走廊尽头是另一扇门，进入）

（怀玉倒在地上，男人用绳子勒住她的脖子，转身）

（斜后方又一扇门，夏言进。男人在肢解怀玉）

（夏言冲出走廊，男人在后拿着刀逼近）

（夏言跌跌撞撞逃跑。）

（男人缓步追赶，刀尖在墙上划出刺耳的声音。）

（无尽的走廊，无论怎么跑都是在三楼）

（尽头是一扇门）

（夏言拼命抬起卷帘门）

（男人的脸在闪烁的暗光下显现，是夏言自己）

夏言（将卷帘门推下，挡住拿刀的自己）

（音乐响起）

医生的声音：还是你最后的机会！

夏言：不，不要唤醒！

（站在门前，猛地冲进去。）

（怀玉在弹钢琴，停止，音乐也停止）

夏言：这是个陷阱，这些都是假的！你们都不过是我脑子里的幻象！

怀玉：你知道真相了吗？

夏言：你到底是什么东西！

怀玉：我是你的一段记忆。

（闪现画面，怀玉倒在一边，夏言坐在一旁）

（夏言盯着镜子里的自己，将一块怀表在镜子与自己之间摇动。）

（警察：她丈夫通过了测谎，暂时排除嫌疑。）

（夏言盯着镜子里的怀表，说：10月14号这天，你在公园独自呆了一下午。）

夏言（捂头，惊恐地盯着怀玉）

怀玉（逼近）：是你杀死了我！

夏言：不！（推门，发现门竟没有把手）

怀玉：你也许躲过了法律的制裁，但你永远别想摆脱我的惩罚。

夏言：不，不！（开门，打不开）

怀玉：你将永远留在这里，接受这无尽的折磨！

夏言（推门）：放我走！

怀玉：你应该感谢上天给了你一次生命，否则我会杀死你，一千次，一万次！

夏言：不！（撞开门，走廊变成房间，看见自己吊死在客厅，吓得退一步，踩到地上的尸体，旁边插着一把刀，一杯水泼到脸上，唤醒）

夏言（揩着脸，喘着粗气）

医生（轻声）：真相，是个既美丽又可怕的词。

夏言（一怔）：你都知道了？

医生：很残酷，你就是凶手。

夏言：可这也太残酷了。

医生：整件事虽只是我的推测。杀死妻子后，自知躲不过警察的盘问，你做了自我催眠，将那天下午的事隐藏在潜意识深处。你无法欺骗潜意识，便制造了一下午呆在公园的虚假记忆来误导。从专业领域方面来说，这个想法令人叫绝。（停）

医生：但事与愿违，深藏于潜意识中的真相变成了你的应激本能，思维产生了惯性，不断地重复你所编造的假记忆。所以你才会不断经历妻子每天四点自杀的过程，我说的对吗？

夏言：你胡说……我的杀人动机是什么？难道我无缘无故杀

死自己的妻子？

医生：这个问题我恐怕无法回答你，你的动机早已随着记忆埋葬在心底深处了。重要的是你现在准备怎么办，自首或是逃亡？

夏言：这一切不过是纯理论的猜测！不，这简直是诽谤！警方早就认定我无罪！看来我来这里治疗是浪费时间。（转身走，却发现门没有把手）

医生：梦境是一种奇特的体验，它游离于现实与意识之外。（医生从座位上消失，出现在窗边）梦境与现实交织，如影随行，唯一区分两者的便是常识，夏先生，难道你还没有发现吗？

夏言（看桌上，水杯仍是满的。看墙上，挂钟的钟摆不断地摇摆，但三根指针都没有动，指着四点整。）

（场景变化）咖啡厅雅座，医生与夏言相对而坐，夏言还在沉睡，他们面前摆放着进行了一半的棋局。（国际象棋）

（医生打开录音机播放）

夏言的声音：10 月 14 号，下午 4 点，我杀死了徐怀玉。凶器是一把高尔夫球杆，我把它藏在公园的下水道里。

（同时，医生将骑士向前推动，将死了夏言的国王。）

医生将卡带取出离去。（桌面上是结束了的棋局，和一张照片。）

镜头推进（照片上是年轻时的医生与怀玉，笑得正欢。）

索 引

（班级、姓名、页码）

编后记

这部书的作者，是一群二十岁左右的年轻人。新世纪第二个十年的年轻人。朝气蓬勃、意气风发的年轻人。一群大学生。

在一个已经严重商业化的时代，编辑、出版一部年轻学子的文学作品集，似乎有些不合时宜。然而，无论什么时候，青春的生命都是怀着理想和憧憬的。拿起飞扬的笔，写下青春的记录、观察与感怀，是再自然不过的事。青山遮不住，毕竟东流去。没有什么能够挡得住青春的勃发，也没有什么能够拦得住青春与文学的相遇。

这部书所辑录的，是过去四年（2013—2016）曾身处大学、或者至今还在大学校园的学子们的文字。2013年，也是本书的两位编者在文学院任教的起点。教书之余，与学生兴会往来，沉醉于文学、读书、创作……乐而忘忧，乐而忘返，其情状或有几分从游影迹。

这部书的出版，实属偶然。起初不过是两位编者在闲谈之余、一时念起的结果。如今回想，却也有几分必然。文学院建院时间不长，文学创作的传统却不算短。三十多年来，才人辈出，薪火相传，文艺风气，蔚然成林。前人栽树后人乘凉，自然好。不过，我们希望自己不仅是树下的乘凉者，也期待能够将自己受之于前人的荫凉，惠及更多的后来者，更希望通过自己的努力和行动，成为这一荫凉的接续者、乃至中介和传递者，将这一片绿荫伸给更年轻的生命。无论对于学院，还是对于社会，他们都是更有希望的未来。

这部书的编选过程，可说苦乐参半。遇到好文字的喜乐之情，真比自己写了好文章还要高兴，禁不住会手之舞之、足之蹈之。也因某些文字难尽人意，时有苦恼。不过，总体来说，快乐远大于烦恼。我们不愿挫折年轻、向上的心，又不愿将过于稚幼的文字像沙子一样掺入书中。其中取舍纠结，难以言尽。如今呈现在大家面前的，质地如何，我们不敢轻下断语，只能说是我们已经尽力。

一棵树的成长，离不开土壤和雨露。本书的出版，得到了文学院领导、同事和学子们的大力支持，自当深深感谢。特别要感谢艺术系主任赵艳妮老师，在百忙中为本书封面作了插画。她的画作线条流畅，色彩明透，抽象的、恍若梦境一样的色彩与层次，像是春夏时节斑斓的晨光，正与本书中年轻的作者和文字相应。最后，也感谢谢瑞编辑的辛勤付出！

是为后记。

编　者

2017 年 2 月